中國語言文字研究輯刊

二五編

許學仁 主編

第 2 冊

《殷虛文字外編》釋文考訂（下）

劉斌 著

花木蘭文化事業有限公司

國家圖書館出版品預行編目資料

《殷虛文字外編》釋文考訂(下)／劉斌 著 -- 初版 -- 新北市：
花木蘭文化事業有限公司，2023〔民112〕
目 14+208 面；21×29.7 公分
（中國語言文字研究輯刊 二五編；第2冊）
ISBN 978-626-344-423-2（精裝）
1.CST：甲骨文 2.CST：研究考訂
802.08   112010448

ISBN-978-626-344-423-2

中國語言文字研究輯刊
二五編　第二冊　　　　　　ISBN：978-626-344-423-2

《殷虛文字外編》釋文考訂（下）

作　　　者　劉　斌
主　　　編　許學仁
總 編 輯　杜潔祥
副總編輯　楊嘉樂
編輯主任　許郁翎
編　　　輯　張雅淋、潘玟靜　美術編輯　陳逸婷
出　　　版　花木蘭文化事業有限公司
發 行 人　高小娟
聯絡地址　235 新北市中和區中安街七二號十三樓
　　　　　　電話：02-2923-1455 ／傳真：02-2923-1452
網　　　址　http://www.huamulan.tw 信箱 service@huamulans.com
印　　　刷　普羅文化出版廣告事業
初　　　版　2023 年 9 月
定　　　價　二五編 22 冊（精裝）新台幣 70,000 元　　版權所有・請勿翻印

《殷虛文字外編》釋文考訂（下）

劉斌 著

目次

下　册

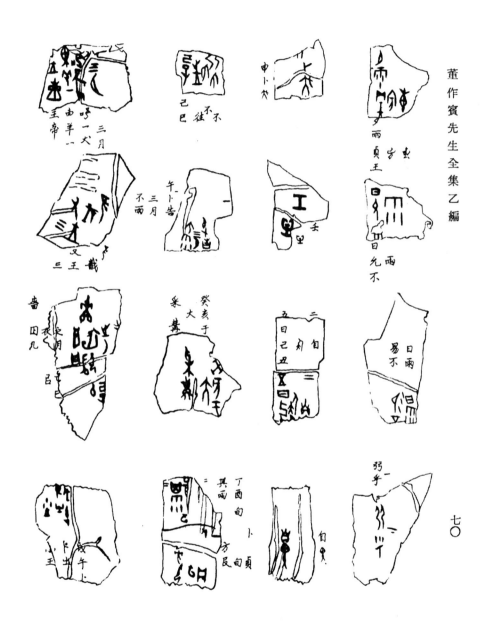

《外編》拓片摹本 202、203、204、205、206、207、208、209、210、211、
212、213、214、215、216、217

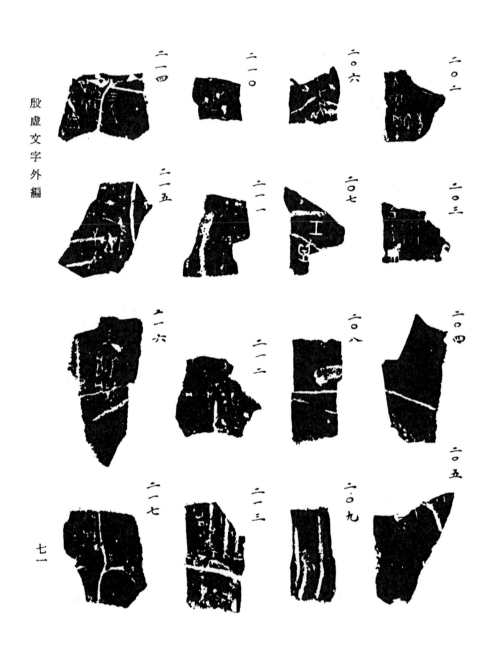

殷虛文字外編

二〇二　二〇六　二一〇　二一四

二〇三　二〇七　二一一　二一五

二〇四　二〇八　二一六

二〇五　二〇九　二一三　二一七

七一

《外編》拓片 202、203、204、205、206、207、208、209、210、211、212、213、214、215、216、217

二百零二

摹釋：

　　夕雨貞王　□叀

校勘：

　　「□」即「核」字。

　　辭蓋謂：

　　　　夕，雨，貞：王

　　　　核叀

　　契版殘缺，其義不明。疑契版由下向上契刻。辭蓋謂：

　　　　王叀核貞「雨，夕」

　　蓋貞人貞得「夜雨」，君上叀核之以有雨與否。

二百零三

摹釋：

　　日允不雨

校勘：

　　摹釋「允」字疑讀如「系」。

　　摹釋所及「不」字，契版漫漶難辨。

　　辭蓋謂：

　　　　曆系□雨。

二百零四

摹釋：

　　昜不日雨

校勘：

　　契版「不」字殘缺不全，摹釋補。摹釋「昜」讀如「侖」。

　　辭蓋謂：

　　　　不雨

　　　　侖曆

二百零五

摹釋：

> 弜乎一

校勘：

「弜」讀如「質」。

摹釋「一」字，摹本拓片下似有一小點，蓋「下」字。

辭蓋謂：

> 質乎下

二百零六

摹釋：

> 申卜□

校勘：

契版「申」字殘缺不全，摹釋補。從拓片即摹釋來看「卜」、「□」疑為一字，字從「大」、從「短弧」。詳拓片「二百零八」。

辭蓋謂：

> □叔

二百零七

摹釋：

> 壬□

校勘：

契版「□」從「肩」從「土」省，蓋「餁」字。

辭謂：

> 壬　餁

二百零八

摹釋：

> 五日己丑

　　　　自□

校勘：

　　「己丑」之「丑」摹釋補寫，契版殘缺，疑契版裂紋衍入。「自□」之「□」
從「人」從「大」，「人」與「大」比例差別懸殊。

　　此字蓋即拓片「二百零六」契版所及契文之由來，拓片「二百零六」字右
從短弧，蓋即拓片「二百零八」「自」之「指事」符號。

　　商周之際漢字仍處在不斷創造和發展之中，貞人偶而在契版刻下文字創造
之例不足為怪，拓片「二百零八」蓋恰是貞人流傳下來的創造漢字的甲骨文記
錄。

　　拓片「二百零六」之字蓋即「叔」字，本義蓋為在「大」字基礎上「自己創
造一個意為『書大』的動詞」，即「自書大」，再後來延伸出「掇拾」之義，稱
謂意義上的「叔」蓋因拓片「二百零八」中其以手撫人之形引申而來。

　　辭蓋謂：

　　　　　五日己

　　　　　自□

　　「□」字即動詞「創寫大」

　　　　　五日己

　　　　　自「創寫大」字

　　蓋文字創造之記錄也。

　　附拓片「二百零六」、拓片「二百零八」摹釋圖版對照圖：

　　拓片「二百零八」模糊難辨，不再提供拓片對照圖。但就拓片「二百零六」

摹釋摹寫與拓片上本來字形之相近來看，拓片「二百零八」蓋與契版本來面目亦近。拓片「二百零六」之「契文」或即本乎拓片「二百零八」所及「大人自」之契文組合。

二百零九

摹釋：

　　　自□

校勘：

摹釋「□」字逕抄契版，即拓片「一百零三」「系西」合文。

辭蓋謂：

　　「系西」自

契文中「西」字偶或寫作「田」，疑與盤庚遷都安陽之際的早期生活布局有關，蓋當時之「農田」即在貴族居所之西洹河以東一帶。

二百一十

摹釋：

　　　己巳往不不

校勘：

契版「不不」上契文殘缺不全，蓋即「質」字。

依卜例，「己巳往」之前蓋有「□□卜，□貞」等字。

辭蓋謂：

　　（□□卜，□貞：）「己巳往？」「否。」質「否」。

二百一十一

摹釋：

　　　午卜，告：「三月不雨。」

蓋貞詢天氣情況。

二百一十二

摹釋：

　　　　癸亥于大采菁

契版「癸」字殘缺。

二百一十三

摹釋：

　　　　丁酉旬其雨

　　　　卜貞旬方□

校勘：

　　契版「丁酉」二字殘缺不全，摹釋補寫。「□」摹釋作「報」省。「卜貞」一則「卜」右側「一」字疑衍入。

　　「□」疑讀如「卬」。拓片契文「丁酉」殘缺不全，「酉」「旬」中間有一粗「豎」蓋殘缺之「卜」字。

　　辭蓋謂：

　　　　卜，貞：「旬，方卬？」

謂旬內某方會不會歸順。

　　　　「丁酉（卜）：旬，其雨？」

蓋「占雨」一類記事契文。

二百一十四

摹釋：

　　　　　王帝□羊一□一犬三月

校勘：

　　契版「帝」字倒契。「□羊」之「□」殘缺不全，摹釋作「叀」省，疑即「東」字。「一□」之□摹釋迻抄契版。疑「一□」之「□」讀如「唬」。

　　辭蓋謂：

　　　　王「帝」東：「羊」，「一唬」，「一犬」，三夕。

拓片「二百一十三」與拓片「二百一十四」摹釋圖拼合效果如次：

未知即同一契版之殘片否。

二百一十五

摹釋：

    三又王□□

校勘：

    摹釋「戠□」之「□」作爬行動物造型，疑讀如「虎」。摹釋逕抄契版。

辭謂：

    三又王戠虎

二百一十六

摹釋：

    吝

    □凡衣之月

    目己巳

校勘：

    摹釋「□凡」之「□」從「□」從「卜」例釋「『卜』」。

    契版「衣」下有字模糊難辨，「之」右側有字殘缺不全。摹釋「凡」字蓋「子」之省。摹釋「㠯」讀如「以」。

    辭謂：

    吝

    □凡衣□之月□

    □己巳

疑契版契文為罕見的關於「契版」或「卜版」保存狀況的記錄。「凡」蓋

讀如「版」，「衣□」之「□」讀如「侵」，假作「浸染」之「浸」。「之」右側字疑讀如「世世代代」，蓋合文。

辭謂：

「卜」版各。衣侵（浸）以己巳之月，「世世代代」

二百一十七

摹釋：

戊午卜□业小王

校勘：

「□」字摹釋逕抄契版。摹釋「戊」，不確，疑「戊」字。

摹釋所謂「小王」之「王」蓋「祖」字，摹釋「小」從「小點狀結構」，疑讀如「字」。摹釋「□」蓋即「系」字。辭蓋謂：

戊午卜：系「业字祖」？

蓋戊午日卜問要不要以「結繩記事」之法「系」「业字祖」。

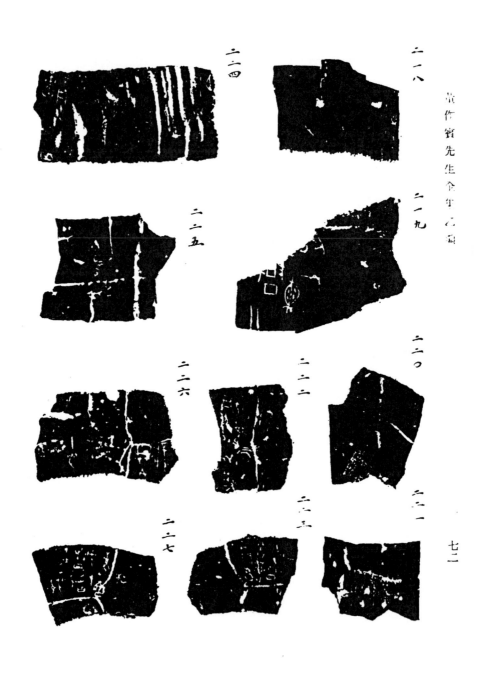

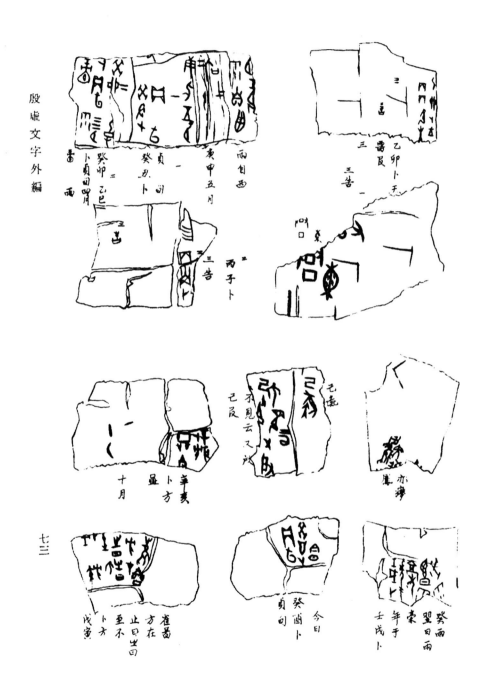

《外編》拓片摹本 218、219、220、221、222、223、224、225、226、227

二百一十八

摹釋：

　　　　告

　　　　乙卯卜王□□

　　　　三

　　　　三告

校勘：

　　摹釋「王□」之「□」契版作兩個「丙」字，摹釋最後一字作「報」省。「三」疑衍入。

　　「王□」之「□」為兩個「丙」字，摹釋逕抄契版作上下結構上「丙」下「丙」，疑當釋「辱」。摹釋「報」省就契版字形來看似在觀察天空讀如「觀」。「觀」字下契版有一字殘缺不全，摹釋漏，蓋「南」或「東」字。

　　辭蓋謂：

　　　　告

　　　　乙卯卜：「王辱觀東□？」

　　　　三告

二百一十九

摹釋：

　　　　□口□□又

校勘：

　　拓片「二百一十九」第一第四字殘缺不全。

　　契版第一字左中右結構左從「又」中從「口」右從「又」；第三字從「束」從四「點」；第四字殘缺不全。摹釋逕抄契版。

　　契版第一字疑讀如「扣」。「口」字或釋「城」，蓋當讀如「骨」。從「束」從四「點」之契文疑「字『東』」合文。「□又」之「□」疑「叀」之省。

　　辭蓋謂：

　　　　「扣」「骨」「字『東』」，叀又。

　　疑當讀如：

「扣」「字『東』」「骨」，更又。

蓋關於當年契文記事契版處理之相關記錄。

二百二十

摹釋：

鳳亦□

校勘：

摹釋「□」字契版殘缺不全。契版下側「□」左右亦有字殘缺不全。

契版「鳳」字從「長鳥足」，疑即「鳳鳥」之契文寫法。

辭蓋謂：

鳳□亦□□

二百二十一

摹釋：

壬戌卜年于□翌日雨癸雨

校勘：

摹釋「□」從「亭」省從「禾」。蓋從「年」從「亭」。

疑「□」字讀如「年亭」。

辭蓋謂：

壬戌卜年于年亭，「翌日雨」。癸雨。

疑「卜年」時卜得「翌日雨」。第二天「癸亥」果然遇雨，貞人遂再於契版記其事。

二百二十二

摹釋：

己虤

不見云又啟己□

校勘：

摹釋「己□」之「□」作「報」省。契版「己虤」上有字殘缺不全，「己□」左側有字模糊難辨。

摹釋「云」蓋當讀如「二日」。「己□」之「□」摹釋寫作「報」省，蓋讀如「印」。「己印」外契版左側或更有拓片及摹釋未見之字。

辭蓋謂：

己麂二日不見 又啟 己印□

「己印」蓋「已仰」義。疑尋物之契文。

二百二十三

摹釋：

今日癸酉卜，貞「旬」。

二百二十四

摹釋：

癸卯

乙巳卜貞旬

四月　□雨

癸丑卜貞旬

庚申五月

雨自西

校勘：

摹釋「□雨」，蓋指「雷雨」。

契版「庚申五月」右側有兩字摹釋遺漏，第一字從「口」從「人」蓋「信」字，第二字即「系」字。「雨自西」右側仍有兩字，蓋契文「夕旡」。

此蓋貞人的天象日誌。

辭蓋謂：

癸卯。乙巳卜，貞旬。四月雷雨。癸丑卜，貞旬。

庚申五月，信系：「雨自西，夕旡。」

二百二十五

摹釋：

　　　　丙子卜　三告

校勘：

　　「三」字蓋衍入。

　　辭蓋謂：

　　　　丙子卜　告

二百二十六

摹釋：

　　　　辛亥卜方□　十月

校勘：

　　摹釋「□」字讀如「徵」。「□」字下有一字殘缺不全，疑「高羊」即「吉祥」。

　　辭蓋謂：

　　　　辛亥卜：「方徵？」「高羊。」十月。

二百二十七

摹釋：

　　　　戊寅卜方至不止曰出曰方在雀昌

校勘：

　　契版「戊」「卜」字殘缺不全。

　　據董作賓先生卜辭中「方」多指「土方」即「後夏」。契文蓋貞問「後夏」所在。「止曰」之「止」蓋謂「沚」國，即契版從「止」從類「鳥」字結構之契文所指。疑即甲骨學界通常所謂「沚國」。契版契文蓋遠古時期貞人對「沚國」的某種「雅稱」。

　　辭蓋謂：

　　　　戊寅卜：「方至？」「否。」「止（沚）」曰「出」。曰「方在『沚』昌」。

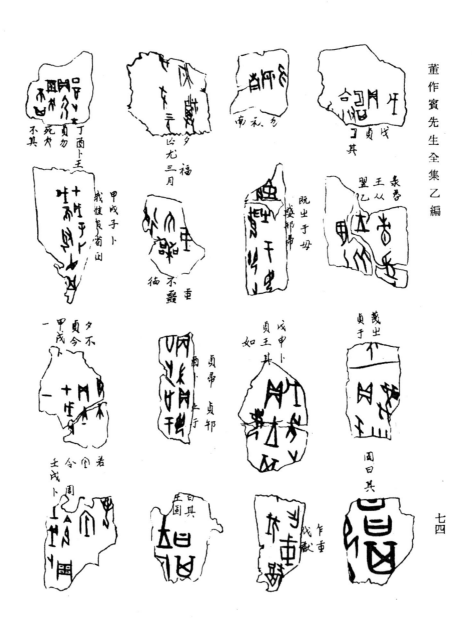

《外編》拓片摹本 228、229、230、231、232、233、234、235、236、237、
238、239、240、241、242、243

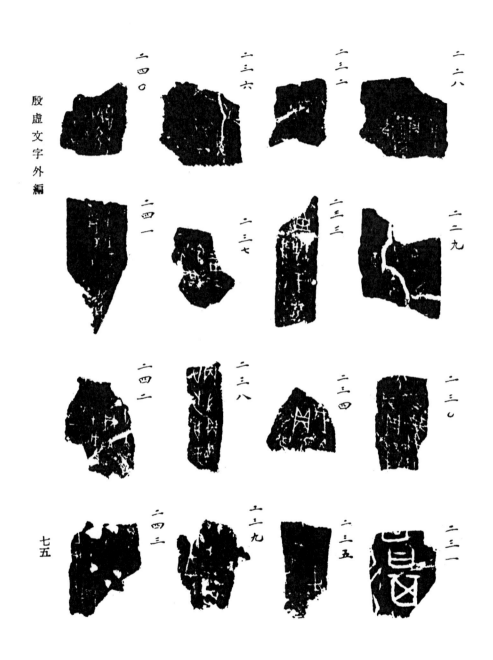

《外編》拓片 228、229、230、231、232、233、234、235、236、237、238、
239、240、241、242、243

二百二十八

摹釋：

　　　　戊貞□其

校勘：

　　契版左下側兩字殘缺不全，摹釋有缺漏。「□」字讀如「報」。「報」左側一字從「人」從「口」，疑讀如「信」。

　　「其」蓋假作「織」。

辭謂：

　　　　戊，貞：「報（丁、乙、丙）其（織）信仅□□？」

　　契版「仅」從「亻」從「又（手）」。「報織」疑關於「報丁、報乙、報丙」的相關記錄。甲骨文中商先公祭祀，「報丁、報乙、報丙」享祀層級低，疑相關「結繩記事」亦相對較少。

二百二十九

摹釋：

　　　　翌乙王從彔□

校勘：

　　契版「彔□」下有一字殘缺不全。「彔□」之「□」疑「倦」字之省寫。「王從」之「從」蓋讀如「妣」。「妣□」之「□」蓋讀如「世系織」合文。

辭蓋謂：

　　　　翌乙□，王妣□「世系『織』」倦□

　　就契版所及「王」之寫法來看，蓋即「武丁卜辭」。「王妣」蓋即祖丁妻「妣己」。「妣己」於「世系『織』」倦□，蓋「妣己」於「世系」工作中的某些內容感到疲倦。

二百三十

摹釋：

　　　　貞于□屮

校勘：

　　契版上有字殘缺不全，似「隹」字。摹釋「□」從「艸」從「皿」從「戈」，疑即「鹿」字。

　　摹釋「屮」字疑為「乎」字。

　　辭蓋謂：

　　　　　　□

　　　　貞：于

　　　　鹿乎

　　契文殘缺其義難辨。

二百三十一

摹釋：

　　　　□曰其

校勘：

　　契版「□」殘缺不全，摹釋從「口」從「占」，例讀如「占」。契版左側有兩字殘缺不全。

　　辭蓋謂：

　　　　□曰其□□

二百三十二

摹釋：

　　　　南□勿

校勘：

　　摹釋「□」從「示」從「又」從「小點」，疑讀如「祭」。

　　辭蓋謂：

　　　　南祭？勿。

二百三十三

摹釋：

　　　　既屮于母□□帚

校勘：

契版「既」殘缺不全。「□」從「女」從橫「木」，摹釋作上下結構上從「我」下從「女」。「□帚」之「□」即「允」字，摹釋所及「帚」，契版殘缺不全，疑讀如「歸」。

辭蓋謂：

　　既出于母，妹允歸。

二百三十四

摹釋：

　　戊申卜，貞：王其如？

契版「戊」「卜」「其」殘缺不全。

二百三十五

摹釋：

　　乍□伐猷

校勘：

契版「□」從「戈」從「口」，疑讀如「或」，假作「國」。契版「猷」殘缺不全。

契版「伐」字上有一字殘缺不全。「猷」見於《書‧盤庚》篇，謂「永敬大恤，無胥絕遠」，「分猷念以相從，各設中于乃心」云云。[註50] 摹釋所謂「猷」疑讀如「福」。

辭蓋謂：

　　□代福乍國

「花東甲骨」有「酒伐」之語，疑「□」即「酒」字。契版謂：

　　酒伐福乍（昨）國

〔註50〕顧頡剛、劉起釪著：《尚書校釋議論》，北京：中華書局，2005 年，第 916 頁。

二百三十六

摹釋：

夕福

凵尤三月

校勘：

契版「夕」蓋讀如「月」，「福」蓋讀如「禪」。

辭謂：

月禪，凵尤三月。

蓋貞人天象觀察日誌。

二百三十七

摹釋：

□不噩□

校勘：

「噩□」之「□」蓋即「或」字。

摹釋所謂「不」蓋誤。疑字從「行契」（「宀」）結構從「目」，疑即契文「盤庚」之「盤」。

摹釋「噩」字疑讀如「櫃」。「或」蓋讀如「國」。

辭蓋謂：

德盤櫃或

契文中「盤」與「官」不二，疑契文謂「德官櫃國」。

二百三十八

摹釋：

酉卜貞帚

止于貞□

校勘：

契版「貞帚」之「貞」殘缺不全，「酉卜」之「酉」殘缺不全。

摹釋「貞□」之「□」讀如「允」。

辭蓋謂：

　　□卜貞帚？

　　止于貞允？

依卜辭之例，辭蓋謂：

　　□□卜，□貞：帚？

　　止于□，□貞：允□□？

二百三十九

摹釋：

　　王□曰其

校勘：

契版「王□」殘缺不全。摹釋「□」從「口」從「占」例釋「占」字。

辭蓋謂：

　　王「占」曰其

二百四十

摹釋：

　　丁酉卜王貞勿死□不其

校勘：

契文「勿死」之「死」模糊不清。「□不」之「□」蓋即上文提及摹本拓片「二百零六」之契文。

辭蓋謂：

　　丁酉卜，王貞：勿□□不其

契版殘缺，其義不明。

二百四十一

摹釋：

　　甲戌子卜我隹□省□

校勘：

摹釋第一個「□」作「報」省。第二個「□」從「口」從「卜」，例釋「『卜』

字。

摹釋「報」省之字讀如「印」。「省」讀如「直」。

辭謂：

> 甲戌，子卜：「我惟印直『卜』？」

「印」疑假作「仰」，「直」從「目」疑謂「視兆」，蓋甲戌日占問自己是不是只仰賴「視兆觀坼」的占卜方法。

二百四十二

摹釋：

> 甲戌卜，貞：今夕？不。

校勘：

摹釋「不」蓋即「否」字。

辭蓋謂：

> 甲戌卜，貞：「今夕？」「否。」

蓋貞問時間。甲戌日貞詢是不是當夜。貞詢結果為「否」。

二百四十三

摹釋：

> 壬戌卜令周□若

校勘：

契版「□」摹釋逕抄契版。「若」讀如「鼉」。

「周」蓋讀如「田織」合文，「□」從「行契」從類「卜」字結構從短「一」，疑讀如「斥」。

辭蓋謂：

> 壬戌卜：令「田織」斥「鼉」？

令「田織」斥「鼉」，蓋與「田間」「記事」有關。

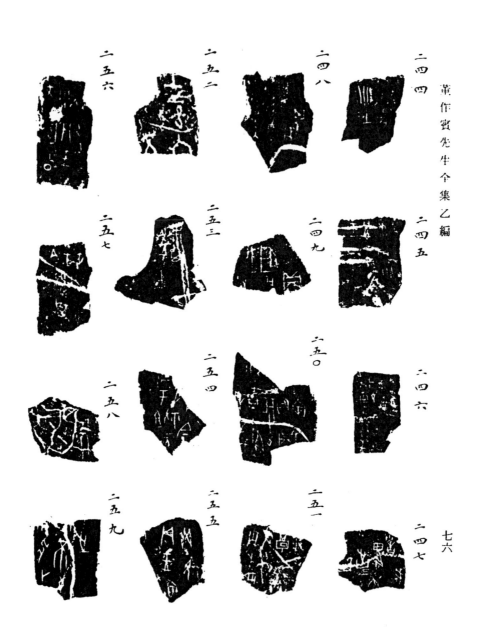

《外編》拓片 244、245、246、247、248、249、250、251、252、253、254、
255、256、257、258、259

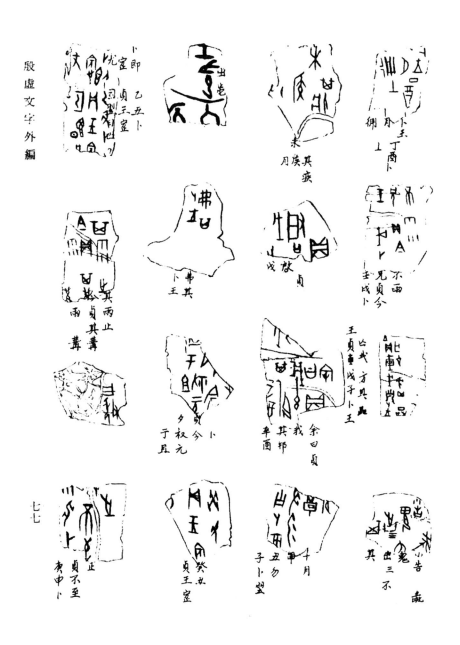

《外編》拓片摹本 244、245、246、247、248、249、250、251、252、253、
254、255、256、257、258、259

二百四十四

摹釋：

> 卜王丁酉卜月丄□

校勘：

摹釋最後一字左右結構左從「彳」、右從「用」。契版「酉卜」之「卜」殘缺不全，摹釋補寫。

疑從「彳」從「用」之字讀如「行用」或「傭」。契版「月」及「行用」上皆有字殘缺不全。

辭蓋謂：

> 卜王丁酉□月□「傭」丄

契版殘缺，其義不明。

二百四十五

摹釋：

> 壬戌卜，兄貞：今不雨？

二百四十六

摹釋：

> 王貞□亡戋
>
> 戊子卜王方其□

校勘：

契版「貞□」之「□」從「或」從「囗」蓋即「國」字。

「亡□」之「□」摹釋作「戋」（契版契文類「在」字），讀如「哉」。

「其□」之「□」從「口」從兩「止」，讀如「徵」。「方」疑即「土方」。「戊子」一則「王」後當與「國亡哉」一則相近有「貞」字。

辭蓋謂：

> 王貞：「國亡哉？」
>
> 戊子卜，王（貞）：「方其征」？

二百四十七

摹釋：

　　　　其出不鬼小告虒

契版「虒」「不」「其」殘缺不全。

校勘：

　　依契版內容，契版小點狀結構疑讀如「織」，辭蓋謂：

　　　　□織告：鬼不出其

二百四十八

摹釋：

　　　　月未侯其疾

校勘：

　　「月」蓋讀如「夕」。

　　「未□」之「□」疑讀如「休」。

　　辭蓋謂：

　　　　夕，侯。未休其

　　「其」蓋假作「織」。契文謂：夜間織「侯」，第二天未日，「（才）休織」。

二百四十九

摹釋：

　　　　戊啟貞

校勘：

　　契版「戊」左下有字殘缺不全。「啟」下有一字，疑為契文「其」之省。

　　辭蓋謂：

　　　　□

　　　　戊啟貞

　　契版殘缺，其義不明。蓋遠古先民占問記錄。

二百五十

摹釋：

> 辛酉其□我余曰貞

校勘：

摹釋「□」字從「午」從「卩」，疑讀如「允」。

辭蓋謂：

> 辛酉，□，其允我曰：「貞。」余

契版殘缺其義難辨。

二百五十一

摹釋：

> 子卜翌丑勿□十月

校勘：

「□」從「貞」省從「回」從「｜」，疑會「貞回織」之義。

契文蓋謂：

> 子卜：翌丑勿「貞回織」？十月。

「貞回織」疑即「倒述」，謂以「結繩記事」之法「倒述」「貞詢」問事之「卜辭」。

二百五十二

摹釋：

> 屮□

校勘：

契版「屮」殘缺不全。

契版四個字。「屮□」下另有兩字亦殘缺不全。「屮□」之「□」摹釋作上下結構，上「止」下「它」，疑讀如「倦」。「屮」字亦殘缺不全。

辭蓋謂：

> □倦
>
> □□

二百五十三

摹釋：

　　　弗其卜王

校勘：

　辭蓋謂：

　　　卜：王弗其

二百五十四

摹釋：

　　　卜貞今夕□元于且

校勘：

　契版「于」字上有一字殘缺不全。摹釋「□」字從「示」從「又」，蓋讀如「祭」。摹釋「元」字疑為「二」「巳（祀）」合文。

依契版結構和卜辭通例辭蓋謂：

　　　□□卜，□貞：今夕「祭」，二「巳」
　　　□于祖

二百五十五

摹釋：

　　　癸丑貞王□

校勘：

　摹釋「□」從「宀」從「万」從「止」，蓋當讀如「核止」。契版最左側有一字似為摹釋遺漏，蓋「夕」字。契版不見摹釋所釋「核止」之「止」。

依卜辭通例，辭蓋謂：

　　　癸丑□，□貞：王核□，夕？

二百五十六

摹釋：

　　　卜即□尤

乙丑卜，貞：王□□翌日□？

校勘：

「翌日□」之「□」摹釋作「巳」。契版「翌日」下「□」字、「王」字下「□」皆殘缺不全。

「即□」、「王□」之「□」，摹釋從「宀」從「万」從「止」。

「□翌」之「□」讀如「報乙」。

「卜即」之「即」讀如「係」。

「即□」之「□」讀如「核止」。

依甲骨文例辭蓋謂：

□□卜，係（貞）：□「核止」□，□尤？

乙丑卜，□貞：「王「核止」□，「報乙」翌日□□？」

此版可與「零八一」所載契文相比照。

二百五十七

摹釋：

雨。今貞，其雨。

菁，其菁。止。

契版「止」、「菁」字殘缺不全。

校勘：

依契版，辭蓋謂：

其今雨。貞：「雨」？

止。其菁。菁。

疑「其」字假作「織」，辭謂：

其（織）「今雨」。貞：「雨」？

止。其（織）「菁」。菁。

第一則記錄蓋言「結繩記事」卜謂「今日有雨」。貞人再以占法問「是否真的有雨」。第二則記錄蓋言于結繩上系「菁」，後確乎遘雨。

二百五十八

摹釋：

摹釋於拓片「二百五十八」未釋。蓋遺漏。

校勘：

辭謂：

日□

「□」依拓片所及契文字形疑「世人手書」合文。

辭蓋謂：

曆「世人手書」

二百五十九

摹釋：

庚申卜貞不至止

校勘：

契版「庚」、「貞」、「至」殘缺不全。

依卜辭通例辭蓋謂：

庚申卜，□貞：「不至□？止？」

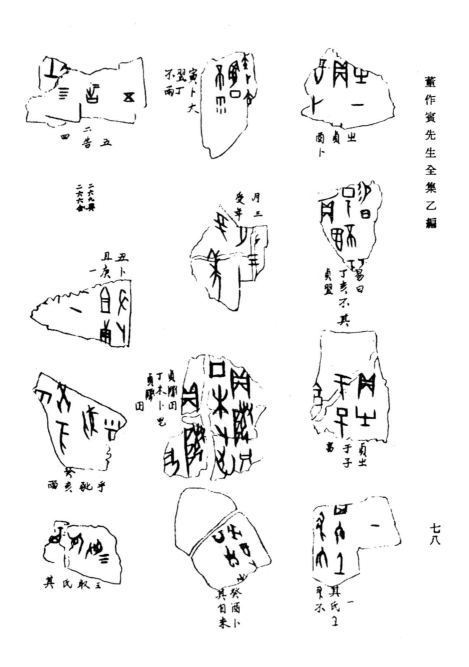

《外編》拓片摹本 260、261、262、263、264、265、266、267、268、269、270、271、272

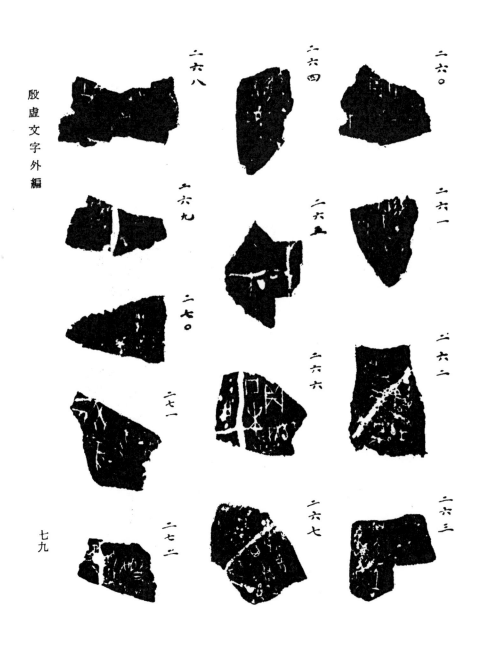

殷虛文字外編

二六〇

二六四

二六八

二六一

二六五

二六九

二六二

二六六

二七〇

二六三

二六七

二七一

二七二

七九

《外編》拓片 260、261、262、263、264、265、266、267、268、269、270、271、272

二百六十

摹釋：

酉卜貞出

契版「酉」、「出」字殘缺不全。

二百六十一

摹釋：

易曰丁亥不其貞翌

校勘：

契版「其」字殘缺不全。「易」讀如「侖」，契版「侖□」之「□」讀如「曆」。

辭蓋謂：

貞：翌丁亥不其

侖曆

二百六十二

摹釋：

貞出于子富

校勘：

摹釋「富」字，契版契文殘缺不全。

摹釋「富」蓋當讀如「吉」。「出於子」之「子」蓋讀如「字」。

辭蓋謂：

貞：「出于字，吉？」

契文蓋貞詢「出」乎「字」吉祥與否。

二百六十三

摹釋：

其氐□□不

校勘：

摹釋「氐」即「信」字。「信□」之「□」蓋即契文「斥」之省寫。「斥□」

之「□」蓋讀如「契婦」。

辭謂：

「其信斥『契婦』不？」

「其」蓋假作「織」，契文謂「『織』信斥『契婦』不」？

二百六十四

摹釋：

寅卜大翌丁不雨

校勘：

疑「寅」字上有契文殘缺不見，「大」字下亦有契文殘缺不見。

依甲骨文例，辭蓋謂：

□寅卜，大□：翌丁不雨？

二百六十五

摹釋：

三月受年

校勘：

契版「月」、「受」殘缺不全。「三」疑衍入。

契文謂：

□月，受年。

二百六十六

摹釋：

貞□□丁未卜□貞□□〔註51〕

校勘：

契版「貞」、「卜□」、「貞□□」後一字殘缺不全。「□丁」及句末字，摹釋從「□」從「卜」例釋「『卜』」字。

「貞□」之「□」摹釋逐抄契版，蓋「契黽」合文。

〔註51〕此版由董作賓、嚴一萍先生據拓片「二百六十六」、拓片「二百六十九」拼合，實為拓片「二百六十六」、「二百六十九」合版。

「卜□」之□即「凸」字。

依甲骨文例，辭蓋謂：

　　丁未卜，凸貞：「『契黽』『卜』？」

　　貞：「『契黽』『卜』？」

二百六十七

摹釋：

　　癸酉卜其自來

契版契文「卜」「來」殘缺不全。

二百六十八

摹釋：

　　四　二　告　五

校勘：

契版「左上側」有契文殘缺不全。

就契版拓片看，疑「四」「二」、「五」為「兆序字」。

契版左上側契文「⊥」之右側契文殘缺不全。

辭蓋謂：

　　⊥□　告

二百六十九

（同拓片二百六十六）

摹釋：

《外編》摹釋部分謂「『二六九』與『二六六』合」。

校勘：

疑契版拓片「二百六十九」之契文與契版拓片「二百六十六」相合。拓片「二百六十九」契版契文蓋即拓片「二百六十六」之契文。

　　謂：

　　　丁未卜，凸貞：「『契黽』『卜』？」

　　　貞：「『契黽』『卜』？」

二百七十

摹釋：

丑卜祖庚一

校勘：

摹釋所及「一」疑「兆序字」衍入。

契版左上側似有字殘缺不全。

辭蓋謂：

丑卜，祖庚

二百七十一

摹釋：

乎□癸亥雨

校勘：

「□」摹釋從「豕」從「匕」。

辭蓋謂：

雨，癸亥，□乎。

蓋言「有雨」，「癸亥」日聽到「牝豬」的呼叫聲。

二百七十二

摹釋：

其氏取三

校勘：

契版「其」字殘缺不全。摹釋「氏」字讀如「信」。

「三」蓋「兆序字」衍入。

辭謂：

其信取

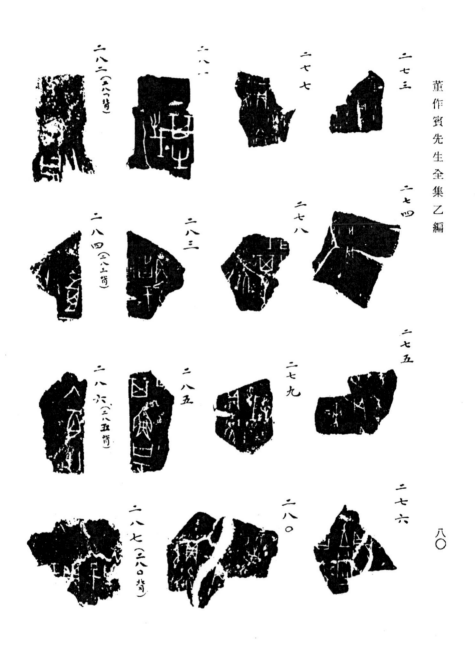

董作賓先生全集乙編

《外編》拓片 273、274、275、276、277、278、279、280、281、282、283、
284、285、286、287

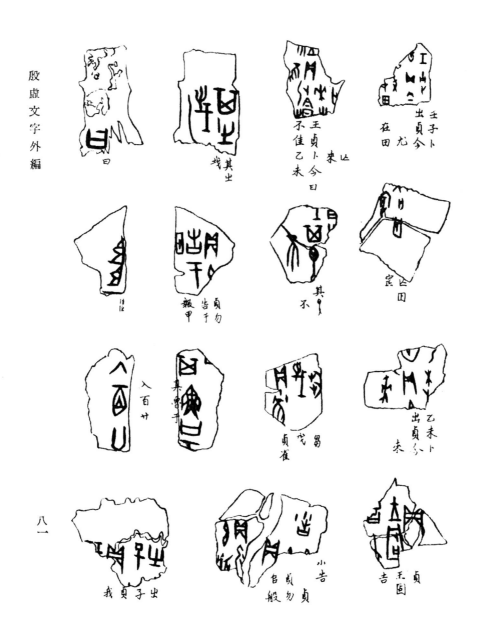

《外編》拓片摹本 273、274、275、276、277、278、279、280、281、282、
283、284、285、286、287

二百七十三

摹釋：

壬子卜，出貞：今尤在田？

校勘：

依契版結構，辭蓋謂：

壬子卜，出貞：今□□尤□□在田？

二百七十四

摹釋：

□凵□

校勘：

契版「□凵」之「□」上中下結構上從「宀」中從「万」下從「止」，即「核止」合文。「凵□」之「□」從「口」從「卜」例釋「『卜』」字。契版上有一字殘缺不全。

辭蓋謂：

□凵「『卜』」　「核止」

依甲骨文通例疑契文謂：(□□卜)「核止」(貞)：□凵「『卜』」？

二百七十五

摹釋：

乙未卜，出貞：今來？

校勘：

契版「出」「今」二字殘缺不全。「來」字上有一字「殘缺不全」。

辭蓋謂：

乙未卜，出貞：今□來？

二百七十六

摹釋：

貞王□□

校勘：

摹釋第三字從「囗」從「占」例釋「占」字。最後一字從「土」從「囗」，疑誤，蓋即「吉」字。「吉」、「貞」二字殘缺不全。

又契版「吉」下有一字殘缺不全。

辭蓋謂：

貞：王占（曰）吉囗囗？

二百七十七

摹釋：

不隹乙未王貞卜今日來凵

校勘：

契版「不」、「未」、「王」、「日」、「亡」皆殘缺不全。「來」字下有一字亦殘缺不全。摹釋「隹」當作「隻」讀如「獲」。

辭蓋謂：

不獲。王貞。

乙未卜：「今日來囗，凵？」

二百七十八

摹釋：

不其囗

校勘：

契版「囗」讀如「系西」。契版「其」字上側右側有字殘缺不全。

辭蓋謂：

囗占曰：「囗囗囗囗囗囗其系西？」「否。」

契版殘破其義難辨。契版「曰」、「系『西』」之契文結構可與本冊拓片「一百零三」「二百零九」互看。

二百七十九

摹釋：

貞雀戈芻

校勘：

摹釋「戈」蓋讀如「裁」。

辭蓋謂：

貞：「雀裁芻？」

二百八十

摹釋：

小告

貞

貞勿□般

校勘：

「□」摹釋從「丿」從「㠯」，疑讀如「師」。契版「般」殘缺不全。契版「小告」下有字殘缺不全。疑「□般」即「甘盤」，辭蓋謂：

貞：勿師盤？

貞：□「小」告□？

二百八十一

摹釋：

其屮戈

校勘：

契版「□」寫法與拓片「二百七十九」同，摹釋作「戈」，讀如「裁」

辭謂：

其屮裁

「屮裁」之說不講。疑「其」讀如「織」，辭或謂：

裁其（織）屮

謂裁織以屮祭。

二百八十二

摹釋：

曰

二百八十三

摹釋：

　　　　貞勿告于報甲

校勘：

　　契版「勿」殘缺不全，摹釋補寫。

　　辭蓋謂：

　　　　貞：「勿告于『報甲』？」

　　「報甲」即「上甲微」。

二百八十四

摹釋：

　　　　臣

　　　　臣

校勘：

　　契版作上下結構，上「臣」下「臣」，摹釋迻抄契版。拓片「二百八十四」與拓片「二百八十六」本來或為同一契版殘片。

　　拼合效果作：

　　就拼合契版來看，契版上「臣」下「臣」之契文蓋讀作「眣」。

　　辭蓋謂：

　　　　契「『百』」肩　眣

　　蓋武丁時代的計數官。《周禮》有「眣瞭」〔註52〕職，職名用此字，疑亦與「眣」之遠古義有關。

〔註52〕參《周禮·春官》相關敘述。北京大學李學勤先生主編之《十三經注疏·周禮注疏》以為「眣瞭」即「視瞭」，蓋以「眣」讀如「視」。

二百八十五

摹釋：

> 其魯于

校勘：

契版右上側有一字殘缺不全。「魯」蓋「庚言」合文。「花東甲骨」所見「盤庚」之「庚」即契如「魚」形，疑盤庚善游泳。「庚」下之「口」蓋契文「言」之省。摹釋所謂「于」契版殘缺不全。

辭蓋謂：

> □
>
> 其庚「言」（于）

二百八十六

摹釋：

> 入百艸

校勘：

摹釋「入」字讀如「契」。摹釋「百」蓋即上文之「記一百」合文。

摹釋「艸」即上云之「肩」字。

辭蓋謂：

> 契「『百』」肩。

二百八十七

摹釋：

> 我貞：子屮

校勘：

摹釋「我貞」殘缺不全。「貞」字右下似亦有字殘缺不全。

辭蓋謂：

> □貞：子屮？

「子」蓋假作「字」，辭謂「某貞：字屮？」蓋貞問是否以契文參與祭祀活動。

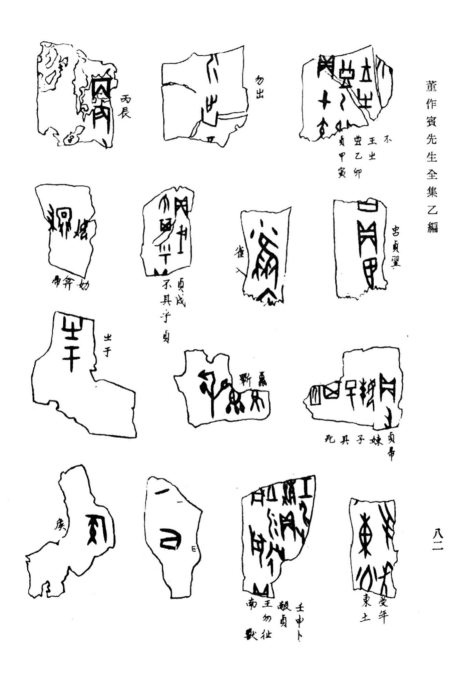

《外編》拓片摹本 288、289、290、291、292、293、294、295、296、297、
298、299、300、301

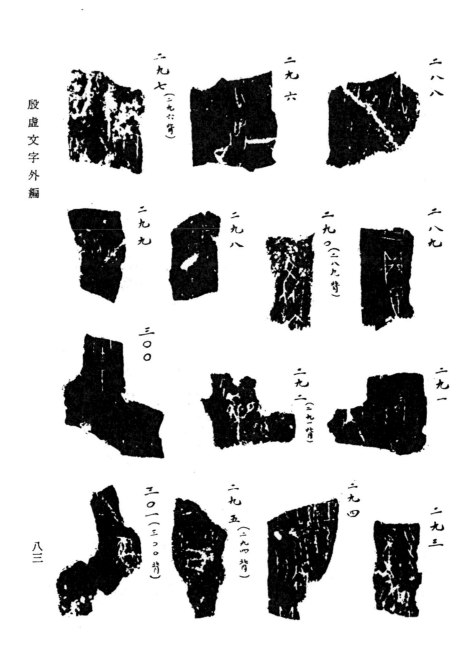

殷虛文字外編

二八八

二九六

二九七（二九六背）

二八九

二九〇（二八九背）

二九八

二九九

二九一

二九二（二九一背）

三〇〇

二九三

二九四

二九五（二九四背）

三〇一（三〇〇背）

八三

《外編》拓片 288、289、290、291、292、293、294、295、296、297、298、
299、300、301

二百八十八

摹釋：

> 貞：甲寅□乙卯王㞢不？

校勘：

摹釋「□」逕抄契版。摹釋「不」契版殘缺。契版右上側有一字殘缺不全。

辭蓋謂：

> 貞：「甲寅而乙卯王㞢□？」

二百八十九

摹釋：

> □貞翌

校勘：

契版「□」殘缺不全，摹釋補寫作上下結構上「中」下「口」。

摹釋補寫字蓋讀如「中」（參摹本拓片「零一五」相關注釋）。

辭蓋謂：

> 中貞：翌

二百九十

摹釋：

> 雀入

校勘：

摹釋「入」字契版下有一豎，疑即「不」字。拓片摹釋「雀」所及「小點」狀結構契版模糊難辨。

辭蓋謂：

> 「雀」不

「花東甲骨」中「小點狀結構」或代指「結繩字」，就契文字形看又疑契版所見「雀」讀如「字鹿」合文。

契文蓋謂：

> 「字鹿」契□

二百九十一

摹釋：

> 貞婡子其死
>
> 婦

校勘：

契版「婦」殘缺不全，摹釋補寫。「其死」殘缺不全，摹釋補寫。

摹釋所及「婡」蓋當讀如「『世系』母（女）〔註53〕」合文，「子」蓋假作「字」。

辭蓋謂：

> 貞：「母（女）『世系』」字其死？
>
> 婦

二百九十二

摹釋：

> □□

校勘：

摹釋第一字作「蘄」省。契版右有一字殘缺不全。

摹釋第二字疑即「叀」字。契版右側之字疑讀如「葵」，

辭蓋謂：

> 蘄叀葵

「蘄」蓋某種植物之名，疑「蘄」、「葵」爭田，「蘄」旺「葵」衰，謂之「蘄叀葵」。

二百九十三

摹釋：

> 東土受年

〔註53〕拓片模糊難辨，甲骨文中「母」「女」結構相近，有時較難於分辨，惟可以語境來判斷。

校勘：

契版「東」上有一字殘缺不全。「受」、「年」、「土」皆殘缺不全，為摹釋補寫。

辭蓋謂：

□東□受年

二百九十四

摹釋：

壬申卜，□貞：王勿□南獸？

校勘：

摹釋「□貞」之「□」作左右結構左從「南」右從「殳」，讀如「覃」。「□南」之「□」從「彳」從「止」，疑讀如「亍」，義若「遇」。

契版「南」、「王」、「覃」、「壬」字殘缺不全。

「獸」字下有一字殘缺不全，蓋拓片「二百五十一」之合文「貞回織」。

辭蓋謂：

壬申卜，覃貞：「王勿亍（遇）南獸，『貞回織』？」

二百九十五

摹釋：

一□

校勘：

契版「□」作「日」省，似有連筆，疑讀如「亘」，蓋帥「洹河」的「洹」字。「一」疑衍入。

辭蓋謂：

亘

二百九十六

摹釋：

勿出

校勘：

契版下側有一字殘缺不全。

辭蓋謂：

勿出□

二百九十七

摹釋：

丙辰

校勘：

契版下側有一字殘缺不全。

辭蓋謂：

丙辰□

二百九十八

摹釋：

貞：戍不其乎貞

校勘：

契版下側有一字殘缺不全，疑拓片「二百五十一」之合文「貞回織」。

辭蓋謂：

貞：「戍不其乎『貞回織』？」

拓片「四百三十四」有用假「戍」作「城」之例，「戍不其乎『貞回織』」不講，疑契文「戍」亦假作「城」，用本義謂：

貞：「城不其乎『貞回織』？」

二百九十九

摹釋：

帚弁□

校勘：

摹釋「□」作左右結構左從「女」右從「力」，蓋「妎」或「努」字。

「帚」讀「婦」，「爻」讀「學」。

辭蓋謂：

　　婦學努

三百

摹釋：

　　出于

三百零一

摹釋：

　　□

校勘：

摹釋「□」從「广」從「矢」，蓋讀如「侯」。

辭謂：

　　侯

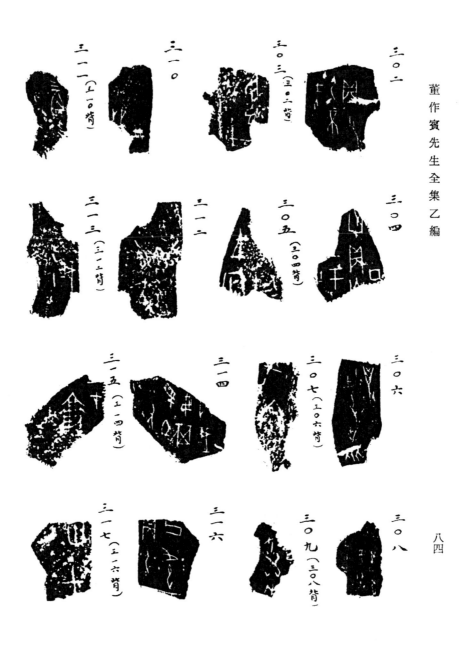

《外編》拓片 302、303、304、305、306、307、308、309、310、311、312、313、314、315、316、317

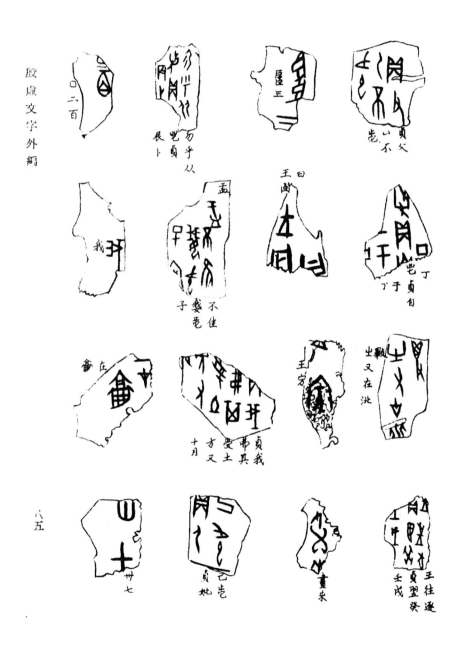

《外編》拓片摹本 302、303、304、305、306、307、308、309、310、311、312、313、314、315、316、317

三百零二

摹釋：

> 貞：父乙不□

校勘：

摹釋「□」作上下結構上從「止」下從「它」，讀如「倦」。

辭蓋謂：

> 貞：「父乙不倦？」

三百零三

摹釋：

> □三

校勘：

摹釋「□」即拓片二百八十四之「眠」。契版下側有字殘缺不全，摹釋寫作「三」。

辭蓋謂：

> 眠□

蓋武丁時期有關「眠瞭」類官員之工作的契文記錄。

三百零四

摹釋：

> 丁□貞自于丁

校勘：

摹釋「□」作上下結構，上「凶」下「匕」，契版「自」與「于丁」之「丁」字殘缺不全，「于」字上有字殘缺不全，為摹釋遺漏。摹釋「□」讀如「乩」。

辭蓋謂：

> 丁，乩貞：自□于丁？

依甲骨文例辭蓋謂：

> 丁□卜，乩貞：自□□□□于□□□□丁□□。

三百零五

摹釋：

　　　　王□曰

校勘：

　　契版「□」殘缺不全，摹釋補寫作從「囗」從「占」，例釋「占」。

　　辭蓋謂：

　　　　王「占」曰

三百零六

摹釋：

　　　　□屮又在□

校勘：

　　摹釋「□屮」之「□」契版從類「其」字結構從「丨」從「又」疑「幟書」
合文。「在□」之「□」從「氵」從「北」，疑誤，蓋讀如「忙」。

　　辭蓋謂：

　　　　「幟書」:「屮」。又在忙。

　　疑「屮」指「屮事」「屮工作」，辭謂「屮工作」「又在忙」。

三百零七

摹釋：

　　　　王□

校勘：

　　拓片「三百零七」略模糊，「□」摹釋作上下結構上從「宀」下從「万」。

　　疑「□」上契版左右及上方有四字殘缺不全。摹釋作上下結構上從「宀」
下從「万」之契文即「核」字。

　　辭蓋謂：

　　　　□□□□核

三百零八

摹釋：

壬戌貞：翌癸王往逐？

三百零九

摹釋：

畫來

校勘：

摹釋「畫」模糊難辨，似與從「聿」從「日」從「一」之畫字有別。疑摹釋該字對應之契文當讀如合文「織書『亂』」。

辭蓋謂：

「織書」「亂來」

三百一十

摹釋：

辰卜，□貞：勿乎从？

校勘：

摹釋「□貞」之「□」蓋讀如「乩」。契版右側有字殘缺不全。

契版「從」疑讀如「妣」。

辭蓋謂：

辰卜，乩貞：「勿乎妣□？」

三百一十一

摹釋：

□二百

校勘：

摹釋所謂契文「二百」當讀如「記二百」。

辭蓋謂：

□記二百

三百一十二

摹釋：

孟

不隹□□子

校勘：

摹釋「隹□」之「□」作上下結構上「我」下「女」，「□子」之「□」上下結構上「止」下「它」。

「隹□」之「□」蓋「我女」合文，「□子」之「□」讀如「倦」。契版「子」下有一字殘缺不全。

辭蓋謂：

孟：不隹「我女」倦，子□

蓋貞人傾訴之言。

三百一十三

摹釋：

我

三百一十四

摹釋：

貞我弗其受土方又十月

校勘：

契版「貞」、「方」、「十月」殘缺不全。「土方」疑讀如「夏方」。

辭蓋謂：

貞：「我弗其受夏方又？」十月

三百一十五

摹釋：

在□

校勘：

「□」疑「衣」字，摹釋逐抄契版，蓋用為「製衣」。契版「在」上有字殘缺不全。

辭蓋謂：

□在「衣」

三百一十六

摹釋：

貞姎己□

校勘：

摹釋「□」作上下結構上從「止」下從「它」，讀如「倦」。

辭蓋謂：

貞：「姎己倦？」

三百一十七

摹釋：

卅七

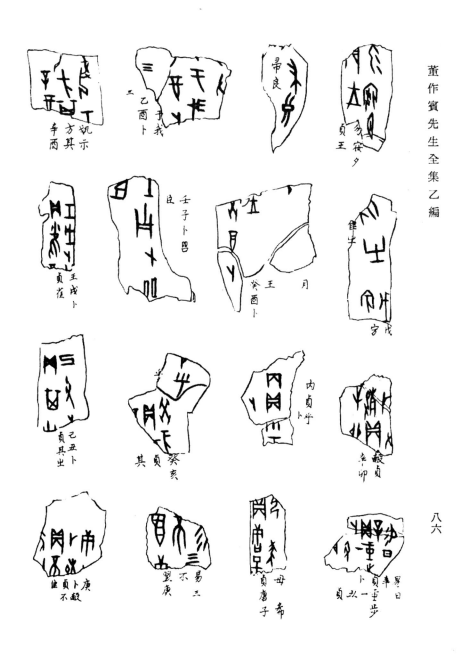

《外編》拓片摹本 318、319、320、321、322、323、324、325、326、327、
328、329、330、331、332、333

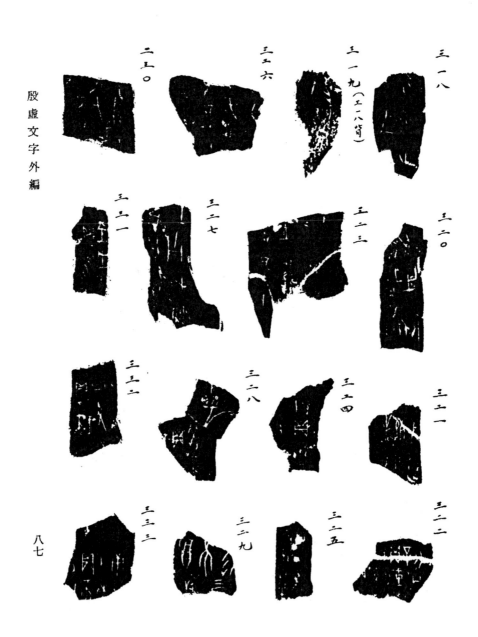

殷虛文字外編

三一八　三一九（三一八背）　三一六　三二○

三二○　三二三　三二七　三二一

三二一　三二四　三二八　三二二

三二二　三二五　三二九　三三三　八七

《外編》拓片 318、319、320、321、322、323、324、325、326、327、328、
329、330、331、332、333

三百一十八

摹釋：

> 貞：王勿□夕？

校勘：

摹釋「□」從「宀」從「女」從「亻」，疑讀作「安」。

辭蓋謂：

> 貞：王勿安夕？

蓋貞問商君睡沒有。

三百一十九

摹釋：

> 婦良。

校勘：

摹釋讀如「婦良」疑不確。就契文字形來看疑讀如「歸途」。

辭謂：

> 歸途。

三百二十

摹釋：

> 隹屮　　□戊

校勘：

摹釋「□」字上下結構上從「宀」下從「万」，讀如「核」。契版「隹」殘缺不全。

商君有大戊，輔臣有咸戊。

辭蓋謂：

> 隹屮
>
> 戊核

契版殘缺不全，疑契版「戊核」所在為「戊□卜核貞□□」之殘版。

三百二十一

摹釋：

> 辛卯□貞

校勘：

摹釋「□」作左右結構左從「南」右從「殳」，不確，當讀如「覃」。契版右側殘缺兩字上側字蓋「卜」字，下側字殘缺難辨。

依甲骨文例辭蓋謂：

> 辛卯（卜），覃貞：□卜□□

三百二十二

摹釋：

> 貞丑卜一貞□步辛易日

校勘：

契版「貞□」從「戈」從「口」，摹釋逐抄契版，當讀如「或」。摹釋「易」蓋讀如「侖」。摹釋補寫之「步」契版殘缺不全。「日」疑假作「曆」。「或」疑假作「國」。

辭蓋謂：

> □丑卜，貞：國□，辛？侖曆
>
> 貞

三百二十三

摹釋：

> 癸酉卜王月

校勘：

契版「癸」字殘缺不全。

辭蓋謂：

> 癸酉卜，王
>
> □月

三百二十四

摹釋：

　　　　內貞乎卜

校勘：

　　摹釋「內」契版作「丙」字，契版文字有限，未知當釋如摹釋否。契版「乎」殘缺不全。

　　辭蓋謂：

　　　　□貞：乎卜？

三百二十五

摹釋：

　　　　貞：唐子母□？

校勘：

　　摹釋「□」從「夕」從「布」省。

　　「母□」之「□」依契文架構疑即「每」字。疑契版「唐子」之「子」假作「字」，「唐」指「湯」。

　　辭謂：

　　　　貞：唐子母「每」？

　　辭蓋謂：

　　　　貞：湯字「母」「每」？

　　疑契版之上所謂「每」為結繩字。貞人貞詢商湯是不是將契文「母」寫作「每」。

三百二十六

摹釋：

　　　　三　乙酉卜于我

校勘：

　　契版上側、右側有字殘缺不全。「乙酉」的「乙」摹釋補寫。

　　摹釋「三」疑「兆序字」衍入。

辭蓋謂：

　　　　乙酉卜□于我□□

契版殘缺不全其義難辨。

三百二十七

摹釋：

　　　　壬子卜□臣

校勘：

　　契版「臣」、「□」殘缺不全。

　　「卜□」之「□」從「叩」，疑即「臨」字。據董作賓先生「臨」亦第一期之貞人。

　　辭蓋謂：

　　　　壬子卜，臨（貞）：臣

三百二十八

摹釋：

　　　　癸亥貞其　乎

校勘：

　　契版「其」殘缺不全。契版上下各有一字殘缺不全。上側之字蓋契文「卜」。

依甲骨文例，辭蓋謂：

　　　　卜，乎

　　　　癸亥（卜），□貞：□□□其□□□

三百二十九

摹釋：

　　　　翌庚不易三

校勘：

　　契版「庚」「易」殘缺不全，「三」疑衍入。

　　辭蓋謂：

　　　　翌庚？不。龠（曆）

三百三十

摹釋：

> 辛酉方其□示

校勘：

摹釋「□」作左右結構從「戈」從「伸雙臂跪坐之人形」。契版「辛酉」之「酉」殘缺不全。

摹釋「□」蓋讀如「持」。

辭蓋謂：

> 辛酉，方。其持示。

依甲骨文例，辭或謂：

> 辛酉（卜），□（貞）：方其□□，□持示□□□？

蓋辛酉貞詢方（疑即「夏方」）來襲要不要帶上神主。

三百三十一

摹釋：

> 壬戌卜貞雀

校勘：

契版下側兩字殘缺不全。契版「雀」蓋讀如「惟」。

辭蓋謂：

> 壬戌卜，□貞：惟□？

三百三十二

摹釋：

> 己丑卜貞其屮

校勘：

契版「卜」、「屮」殘缺不全，摹釋補寫。

摹釋補寫之「屮」字契版模糊難辨。

依甲骨文例辭蓋謂：

> 己丑卜，□貞：其□□

三百三十三

摹釋：

庚卜□貞不隹

校勘：

「隹」字殘缺不全，摹釋補。契版左側兩字殘缺不全。摹釋「□」從「南」從「殳」，讀如「蕈」。

辭蓋謂：

庚□卜，蕈貞：不□□

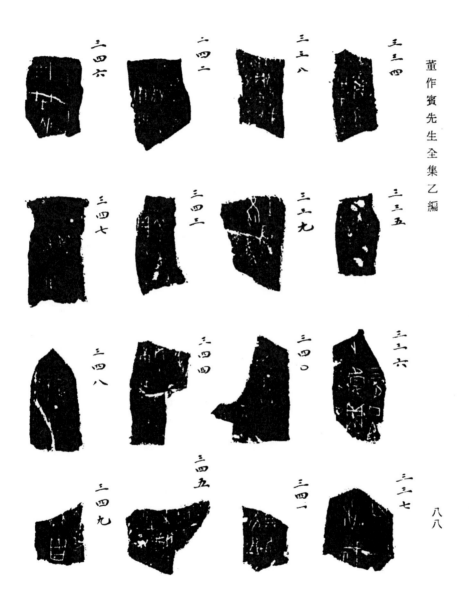

董作賓先生全集乙編

三三四　三三八　三四二　二四六

三三五　三三九　三四三　三四七

三三六　三四〇　三四四　三四八

三三七　三四一　三四五　三四九

八八

《外編》拓片 334、335、336、337、338、339、340、341、342、343、344、
345、346、347、348、349

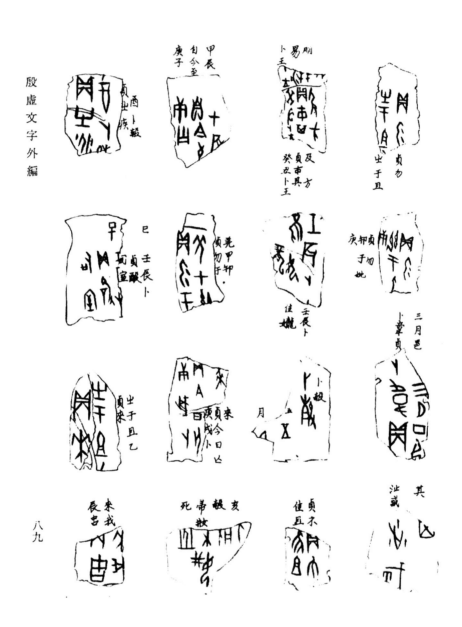

《外編》拓片摹本 334、335、336、337、338、339、340、341、342、343、
344、345、346、347、348、349

三百三十四

摹釋：

　　　貞勿㞢于且

校勘：

　　摹釋「且」下似有字殘缺不全。

　　辭蓋謂：

　　　　貞：勿㞢于且□？

　　疑「□」字為「乙」。辭蓋謂：「貞：『勿㞢于且乙？』」。

三百三十五

摹釋：

　　　貞勿□于妣庚

校勘：

　　摹釋「□」作左右結構左「午」右「卩」，疑讀如「允」。

　　辭蓋謂：

　　　　貞：「勿允于妣庚？」

考證：

　　將拓片「三百三十四」與拓片「三百三十五」拼合，可見二者本來或屬於同一契版。

　　一者契行之布局近於完全相同；二者，契文之契刻體勢接近一致；三者，契版中有具體之契文在契刻寫法上完全相同。

　　由此我們推斷兩片契版殘片本來大約確屬同一骨板。疑拓片「三百三十五」「允于妣庚」之「妣庚」即「祖□」之妻。

三百三十六

摹釋：

卜，韋貞：三月邑

校勘：

據考證「韋」為武丁時期貞人。依例契文「邑」下當有其他契文。

辭蓋謂：

卜，韋貞：「三月邑（匕〔註54〕）　　？」

三百三十七

摹釋：

沚□其

校勘：

摹釋「其」、「□」殘缺不全。

摹釋「□」從「戈」從「覓」，即契文「戛」。

辭蓋謂：

沚戛　其

三百三十八

摹釋：

卜王易朋

癸丑卜王貞□其及方

校勘：

契版上側「卜」、「易」、「朋」，「朋」右側一字皆殘缺不全。下側「王」殘缺不全。

摹釋「易」疑讀如「侖」。

「□其」之「□」即「或」字，蓋假作「國」。

辭蓋謂：

〔註54〕補寫參照本冊契版拓片「三十四」之相關契文。

卜王侖朋□

癸丑卜，王貞：「國其伇方？」

三百三十九

摹釋：

壬辰卜隹□

校勘：

契版「□」疑為「龍」、「女」二字。摹釋寫作「合文」，蓋誤。契版「卜」字下似有一字殘缺不全。

辭蓋謂：

壬辰卜：「隹女龍？」

「女龍」之「女」疑讀如「母」，蓋謂「母龍」。又疑「隹」讀如「獲」，卜辭卜問是否捕護了母龍。

三百四十

摹釋：

卜□五月

校勘：

摹釋「□」從「南」從「殳」，不確，讀作「𣪘」。契版「月」殘缺不全。

辭蓋謂：

卜𣪘五月

依甲骨文例，辭蓋謂：

卜，𣪘□：五月？

三百四十一

摹釋：

貞不隹且

校勘：

契版「貞」殘缺不全。「且」即契文「祖」。

辭蓋謂：

> 貞：「不隹祖」

三百四十二

摹釋：

> 庚子自今至甲辰

校勘：

契版「至」、「辰」殘缺不全。

依甲骨文例辭蓋謂：

> 庚子□：自今至（于）甲辰

三百四十三

摹釋：

> 貞勿于羌甲□

校勘：

摹釋「□」作左右結構，左從「午」右從「卩」，不確，蓋讀如「允」。

契版「于」、「允」殘缺不全。

辭蓋謂：

> 貞：「勿于羌甲允？」

羌甲蓋即「陽甲」。

三百四十四

摹釋：

> 庚戌卜，貞：今日凸來？

三百四十五

摹釋：

> 亥□婦姘死

校勘：

摹釋「□」從「南」從「殳」，蓋讀如「轟」。契版「亥」、「轟」、「帚」、「死」

皆殘缺不全。

辭蓋謂：

□

□

婦妌

死

契版殘缺，其義不明。

三百四十六

摹釋：

酉卜□貞虫疾

校勘：

摹釋「□」從「南」從「殳」，字讀如「覃」。

契版「酉」字上側有一字殘缺不全。契版契文「覃」「疾」殘缺不全。

摹釋所謂「疾」蓋讀如「休織」合文。

辭蓋謂：

□酉卜，覃貞：虫「休織」？

三百四十七

摹釋：

巳　壬辰卜貞□司室

校勘：

摹釋「□」從「酉」從「殳」，讀如「覃」。

疑「壬辰」屬另一條卜辭。摹釋「巳」當讀為「子」假作「字」。摹釋「壬辰卜」三字殘缺不全。

以甲骨文例辭蓋謂：

壬辰　（癸）巳

卜，貞：「覃司室？」

三百四十八

摹釋：

> 貞：來出于且乙？

契版「乙」殘缺不全，摹釋補寫。

校勘：

依甲骨文例，辭蓋謂：

> 貞：來□，出于且（祖）乙？

三百四十九

摹釋：

> 來我辰□

校勘：

契版「□」從上下結構上「中」下「口」，蓋即「中」字。

摹釋「來」「我」「辰」契版契文皆殘缺不全。

摹釋「辰」蓋為「貞」字之誤。

辭蓋謂：

> 貞：「中」來我

據董作賓先生「中」為武丁時期貞人名。契文蓋所謂「卜至」之卜辭，貞詢「中」是不是來自己居處。

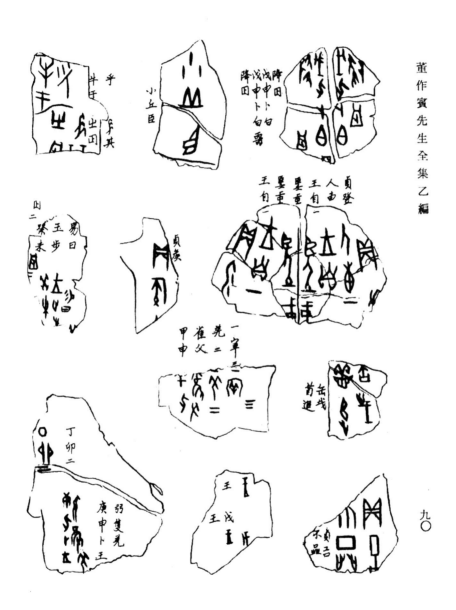

《外編》拓片摹本 350、351、352、353、354、355、356、357、358、359、360

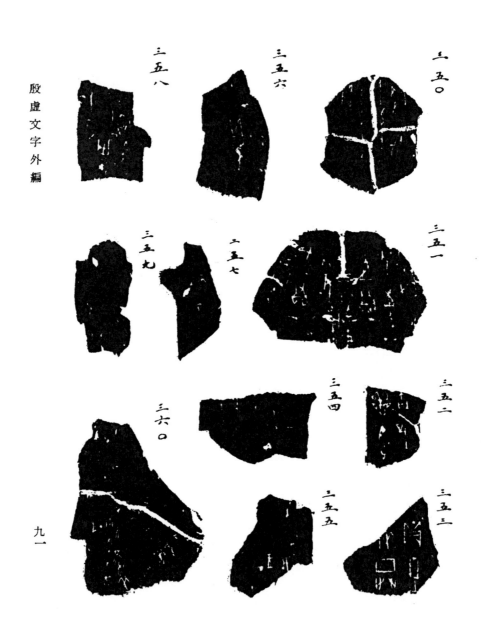

《外編》拓片 350、351、352、353、354、355、356、357、358、359、360

三百五十

摹釋：

> 降□
>
> 戊申卜白
>
> 戊申卜白□
>
> 降□

校勘：

契版「白□」之「□」殘缺不全。「降□」之「□」從「□」從「卜」例釋「『卜』」字。摹釋並契版所及「白」疑讀如「夏」。

契版所及「丙」摹釋釋文作「『丙』上『丙』下」結構，自其契文字形來分析，疑當釋為「辱」。

辭蓋謂：

> 戊申卜，「夏」降「『卜』」？
>
> 戊申卜，「夏」辱降「『卜』」？

三百五十一

摹釋：

> 貞登人□王自□□□□王自

校勘：

契版文字摹釋有遺漏。當作：

> 貞登人□王自□□□□王自貞勿

「貞登」之「登」契版殘缺不全，摹釋補寫。摹釋「□王」之「□」從「叀」省，疑讀如「苗」；「□□□□」之第一字摹釋作上下結構上從「臣」下從「『信』」省從「立」省，與第三字同，疑「臣」用為「豎目」，字讀如「瞜」。「□□□□」第二第四字亦同，摹釋逕抄契版，疑當寫作「或」，借為「國」。摹釋「人」疑讀如「信」。

摹釋所釋「登」，契版殘缺不全，蓋不確。

辭蓋謂：

> 貞：□信苗王自瞜國？

貞：勿王自瞰國？

「瞰國」疑指「看守國家」。

三百五十二

摹釋：

> 苜□缶戈

校勘：

摹釋「苜」像羊的正面造型，疑讀「咩」，蓋以聲音代指動物，猶「哞」之類。或是遠古時期文字出現之前早期語音時代遠古先民用以記錄動物類別的語音符號。

摹釋所謂「缶」疑「吉」之省寫。

摹釋「苜□」之「□」疑讀如「追」或「歸」。

摹釋「缶□」之「□」作「戈」，疑讀如「裁」。

辭蓋謂：

> 「『咩』歸『吉』裁？」

疑契文「咩」屬結繩字，蓋「物象歸類」或「繩卜字卜」類占斷，謂「結繩字」「咩」是否應歸入「吉裁」一類。

三百五十三

摹釋：

> 貞□不□

校勘：

摹釋「貞□」之「□」作上下結構上「工」下「口」。契版「不□」之「□」作上下結構上從「口」下從雙「止」，蓋繁寫之「徵」。契版契文「不」殘缺不全。

摹釋「貞□」之「□」蓋讀如「周」。

辭蓋謂：

> 貞：「周不徵？」

依甲骨文例以及文字契刻體勢，契版契文蓋謂：

貞：「周（方）不徵（□）？」

蓋貞詢周方是否征討某方。

三百五十四

摹釋：

    甲申雀父羌□

校勘：

摹釋「□」作上下結構上從「宀」下從「羊」。

摹釋所謂契文「雀」疑讀如「惟」，「父」疑讀如「書」。

辭蓋謂：

    甲申，「惟」「書」「一『羌』」「一『□』」

三百五十五

摹釋：

    王

      王

        戊

契版「戊」在右下側，「王」字一者在上側，一者在左側。

校勘：

辭蓋謂：

    戊，王

    王

三百五十六

摹釋：

    小丘臣

三百五十七

摹釋：

貞□

校勘：

摹釋「□」從「厂」從「矢」，蓋即「侯」字。「侯」字下有一字殘缺不全。

辭謂：

貞：「侯□？」

三百五十八

摹釋：

乎牛于

□其㞢□

校勘：

摹釋「㞢□」從「□」從「卜」，例釋「『卜』」字。契版「其」「□」殘缺不全。

摹釋「□其」之「□」疑讀如「契婦」合文。

辭蓋謂：

乎牛于

「契婦」其㞢「『卜』」。

蓋貞人的生活記錄。「其」疑假作「織」，契文蓋謂「契婦」織某某以㞢「骨卜」。

三百五十九

摹釋：

易日王步癸未□二

校勘：

摹釋「□」從「□」從「卜」，例釋「『卜』」字。「易」讀如「侖」。「二」疑衍入。契文「侖曰」右下側有一字殘缺不全。

辭蓋謂：

　　「『卜』」

　　癸未

　　王步

　　侖曆

　　癸

契版殘缺，其義不明。

三百六十

摹釋：

　　丁卯

　　庚申卜王弜隻羌

校勘：

　　摹釋「弜」即「質」字。

　　辭謂：

　　　　丁卯

　　　　庚申卜王質獲羌

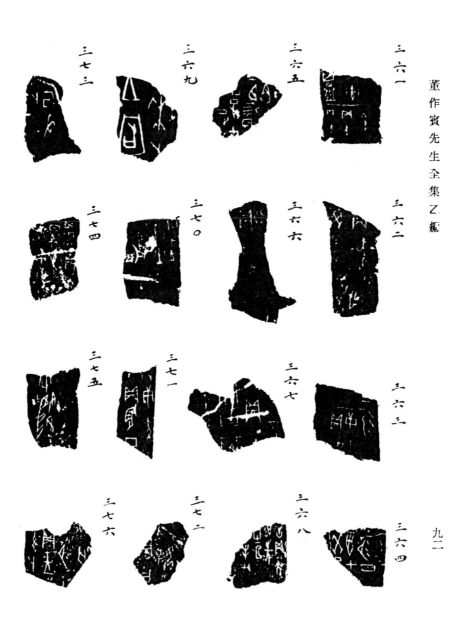

《外編》拓片 361、362、363、364、365、366、367、368、369、370、371、372、373、374、375、376

殷虚文字外編

九三

《外編》拓摹本片 361、362、363、364、365、366、367、368、369、370、
371、372、373、374、375、376

三百六十一

摹釋：

> 其□　□
>
> 丙寅貞□令

校勘：

契版「□　□」中間有一字殘缺不全。「其□　□」第二字疑即「簋」字。「其□　□」最後一字疑為「束」字。契版「貞□」之「□」摹釋逕抄契版，疑讀如「苗」，假作「叀」。

辭蓋謂：

> 「其」簋□束
>
> 丙寅貞：「苗（叀）令？」

蓋遠古先民有「織物比束（繡）」的傳統。契版「其」假作「織」，「織簋比束」，蓋即之織簋活動中比試「刺繡」。丙寅貞一條蓋謂丙寅貞詢要不要專門下令。

三百六十二

摹釋：

> 癸巳卜出貞旬亡□
>
> 癸貞

校勘：

摹釋「□」從「囗」從「卜」，例釋「『卜』」字。

契版「貞旬」之「貞」殘缺不全。

辭蓋謂：

> 癸巳卜，出貞：旬亡「卜」？
>
> 癸貞

「癸貞」一則疑亦「卜旬」之辭。

辭蓋謂：

> 癸巳卜，出貞：旬亡「『卜』」？
>
> 癸□□，□貞：□□「『□』」？

三百六十三

摹釋：

貞翌庚子勿屮

校勘：

契版「翌」「子」「屮」殘缺不全。契版上側亦有兩字殘缺不全。

辭蓋謂：

□　　□

貞：翌庚子勿屮

三百六十四

摹釋：

癸巳翌甲易日

校勘：

摹釋所及「巳」契版契文殘缺不全。摹釋並契版右上側似有字殘缺不全。

「易」讀如「侖」。

辭蓋謂：

□

癸□翌甲侖日

依甲骨文例，辭蓋謂：

□

癸巳（卜），□□：翌甲（午）□□？侖曆

三百六十五

摹釋：

百日一旬四日丁巳正

校勘：

摹釋「正」從「口」從雙「止」，讀如「徵」。契版右側有一字殘缺不全，契版下側有兩字殘缺不全。「百日」之「百」疑讀如「記□百」，契版右側字似與之為同字。

辭蓋謂：

　　「記□百」

　　「記□〔註55〕百」日一旬□四日丁巳□微

蓋「眠瞭」官之工作檔案。

三百六十六

摹釋：

　　　六

　　　卯卜互貞唐

校勘：

　　摹釋「唐」契版殘缺不全。摹釋所及「六」疑衍入。

　　辭蓋謂：

　　　　卯卜，互貞：「唐？」

　　據董作賓先生考證「互」為武丁時期貞人。

三百六十七

摹釋：

　　　辛貞王□曰其去

校勘：

　　摹釋「□」從「□」從「占」例釋「占」字。契版「辛王占其去」諸字殘缺不全。

　　摹釋所及「去」疑讀如「呇」。

　　依甲骨文例，辭蓋謂：

　　　　辛，貞：「王『占』曰：其呇□？」

　　蓋辛日之貞。

〔註55〕契版「百」蓋謂「一百」，但契版屬殘版，實未知即「一百」或「幾百」，蓋仍以「記□百」之合文隸寫為好。

三百六十八

摹釋：

> 出貞大□先屮□牛七月

校勘：

摹釋「□先」之「□」迻抄契版從「酉」從「彡」，「□牛」之「□」迻抄契版作「回」省，讀如「報」。

契版契文「報」疑指「報乙」、「報丙」、「報丁」。契版「牛」字上疑有契文殘缺。

辭蓋謂：

> 出貞：大酒，先屮「報」□牛？七月。

三百六十九

摹釋：

> 王□來

校勘：

契版右側有一字殘缺不全。契版「王」「來」二字亦殘缺不全。

摹釋「□」從「口」從「占」例釋「占」字。

契版右下側契文殘缺不全。

辭謂：

> 王「占」來□

三百七十

摹釋：

> 卯卜王□來日十月

校勘：

摹釋「□」從「糸」從「尹」，疑讀如「系反（返）」合文。

摹釋所及「日十」契版模糊難辨。疑摹釋誤釋。蓋為「曰『㠯盤』」諸字。「㠯盤」即「師盤」。從契文字形來看似亦可直讀為「甘盤」。

依甲骨文例辭蓋謂：

> □卯卜，王「反（返）系」「來日」「㠯（甘）盤」

疑《甘盤》成書的契文載述。

「來日」之「日」疑假作「曆」,「已盤」即「師盤」,疑即舊籍所謂『甘盤』,王蓋謂武丁。『系來曆已(師)盤』疑為『系來曆(作)《師盤》』之省。武丁有否完成《師盤》契版沒有明確記載,若確有《師盤》篇成於武丁之手,依舊籍之例蓋亦《尚書》類篇目文獻。

三百七十一

摹釋:

> 卜　貞
>
> 庚寅卜貞翌日

契版上側「貞」字殘缺不全。契版下側「卜」字、「日」字殘缺不全。

三百七十二

摹釋:

> 婦好貞曰

契版「婦」「貞」「曰」三字殘缺不全。

三百七十三

摹釋:

> 己丑卜

三百七十四

摹釋:

> 其雨貞癸日允不雨　雨

校勘:

摹釋「允」,疑讀如「系」。

辭蓋謂:

> 貞:癸(日)不雨?其雨。曆:系雨。

契版自下而上契刻,蓋貞人貞詢癸日會不會下雨,占卜的結果是確實有雨,再於結繩系「雨」,蓋兼善「結繩記事」並「契文記事」之貞人所記。

三百七十五

摹釋：

不降　六

校勘：

契版「不」殘缺不全。「六」疑衍入。

辭蓋謂：

□降

三百七十六

摹釋：

午卜貞王夕凶

校勘：

契版右上側並下側有字殘缺不全。

辭蓋謂：

午卜，貞：王夕□□凶？

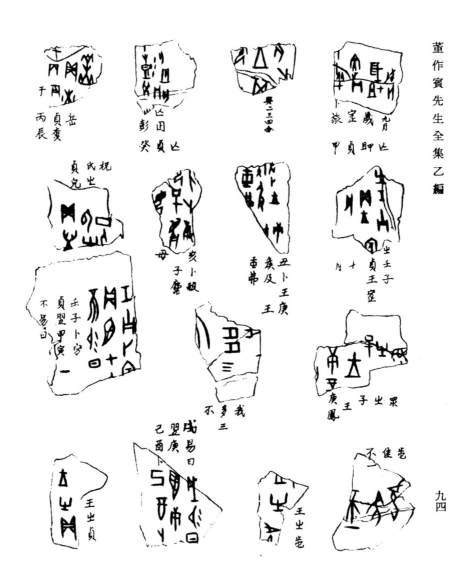

《外編》拓片摹本 377、378、379、380、381、382、383、384、385、386、387、388、389、390、391

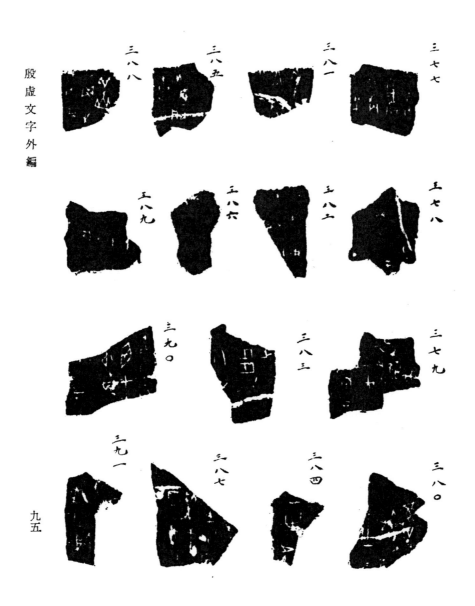

《外編》拓片 377、378、379、380、381、382、383、384、385、386、387、
388、389、390、391

三百七十七

摹釋：

> 卜旅歲□九月甲貞且甲凵

校勘：

摹釋「□」從「宀」從「万」從「止」，蓋「核止」合文。

摹釋「卜」契版契文殘缺不全，摹釋「凵」就拓片摹釋並圖板拓片來看疑為「河」字。

辭蓋謂：

> □旅。甲，「核止」貞：歲「祖甲」，九月河（□）？

契版殘缺，其義不明。

三百七十八

摹釋：

> 屮
>
> 壬子貞：王□？十月。

校勘：

摹釋「□」字從「宀」從「万」從「止」，即「核止」。

就拓片結構來看疑摹釋所及「核止」屬於另一條契文，拓片及契版下側殘缺契文補寫作「核止」亦不確，蓋即「核」字。

辭蓋謂：

> 屮
>
> 壬子貞：王，十月？
>
> 「□」

依契版並契文總體結構來看，辭蓋謂

> 屮
>
> 壬子，貞：王「□」十月？

三百七十九

摹釋：

> 眔屮子王庚鳳

校勘：

契版「鳳」字殘缺不全，摹釋補寫。摹釋「庚鳳」字左側有一字殘缺不全。

辭謂：

> 眔屮子王庚鳳□

辭蓋謂：

> 眔屮子
>
> 王庚□□

契版殘缺，其義不明。

三百八十

摹釋：

> 不隹□

校勘：

摹釋「□」作上下結構上從「止」下從「它」，讀如「倦」。

辭蓋謂：

> 不隹倦

蓋謂「不惟疲倦」。

三百八十一

摹釋：

拓片三百八十一摹釋未寫定，謂與「二百三十四」合，實則二者並不相合。

拓片「二百三十四」與拓片「三百八十一」圖片對比圖如下：

摹釋拓片「234」　　　　　　　摹釋拓片「381」

由拓片摹釋所及拓片「三百八十一」「二十三點」方向從「卩」從「撇」之字形與拓片「二百三十四」「二十一點」方向從「女」從「口」之字對比可知，

拓片「二百三十四」與拓片「三百八十一」區別十分明顯，實則並不相合。

依嚴先生拓片默寫例，茲將拓片三百八十一摹寫如下：

申卜王其印

校勘：

契版字皆殘缺不全。

辭蓋謂：

□申卜：「王其印？」

三百八十二

摹釋：

丑卜王□□□弗

庚王

校勘：

契版「丑」、「王□」之「□」、「弗」、「庚王」之「王」殘缺不全。

摹釋「王□」之「□」摹釋從「广」從「矢」，疑讀如「侯」。「□弗」之「□」從「戈」從「口」，疑讀如「國」。「□□□」中間一字董作賓先生讀「及」，疑讀如「僅」。

辭謂：

丑卜，王侯僅國，弗

庚王

依甲骨文例，辭蓋謂：

□丑卜，王□侯，僅□，國弗

庚王

三百八十三

摹釋：

我多不　三

校勘：

契版「我」「不」殘缺不全。「三」疑「兆序字」衍入。

契版殘缺其義不明。

辭蓋謂：

　　　□

　　　多

　　　□

三百八十四

摹釋：

　　王屮□

校勘：

　摹釋「□」作上下結構上從「止」下從「它」，疑讀如「倦」。契版右上側有一字殘缺不全。

辭蓋謂：

　　□，王屮，倦。

三百八十五

摹釋：

　　彭凵□　癸貞凵

校勘：

　契版上側下側皆有一字殘缺不全。摹釋「□」從「囗」從「卜」例釋「『卜』」字。

　契版上側一字殘缺不全，疑「貞」字。

　疑「貞彭」與「癸貞」兩條共享一個「卜」字。

辭蓋謂：

　　貞彭亡「凵」

　　癸貞亡「凵」

　　　□

　就契版結構來看，疑拓片「三百八十五」與拓片「三百八十八」本屬同一卜版。二者的拼合效果圖如下：

將兩張摹寫拓片拼合的再緊密一些，拼合圖作：

由二者的拼合效果圖可見，拓片「三百八十五」下側一字為「乎」字。

疑上側契版自下而上契刻。兩片契版中間「貞」與「貞」中間當亦有一契文為拼合圖所不見。

拓片「三百八十五」蓋當作：

癸，乎貞：□凵「『卜』」？

貞：彭凵「『卜』」？

蓋貞人貞詢哪些因素導致占卜失效。

三百八十六

摹釋：

亥卜□孚麇母

校勘：

摹釋「卜□」之「□」從「南」從「殳」，讀如「鞏」。

契版上側兩字殘缺不全，有一字為摹釋遺漏。

辭蓋謂：

□亥卜，鞏□：□□子麋□□母

三百八十七

摹釋：

己酉卜翌庚戌易日

校勘：

摹釋「易」讀如「侖」。

辭蓋謂：

己酉卜，翌庚戌？侖曆

三百八十八

摹釋：

于

丙辰貞尞〔註56〕岳

校勘：

由拓片「三百八十五」《校勘》知拓片「三百八十八」與拓片「三百八十五」本屬同一卜版。摹釋「于」字為「乎」字之誤，就契文內容來說本屬於拓片「三百八十五」。

拓片「三百八十八」辭蓋謂：

丙辰，貞：「尞『㚰』？」

三百八十九

摹釋：

貞□氏出祝

〔註56〕摹釋上下結構從「杳」從「火」蓋即「尞」字。

校勘：

摹釋「□」從「兒」省

摹釋「□」疑即「鹿」字。摹釋「氏」疑當讀如「信」。摹釋「祝」疑讀如「骨示」合文。

辭蓋謂：

貞：「『鹿』信出『骨示』？」

契版殘缺其義不明。

三百九十

摹釋：

壬子卜□貞翌甲寅不易日

校勘：

摹釋「□」上下結構上從「宀」下從「万」，讀如「核」。

摹釋「易」讀如「侖」。契版「□」、「寅」殘缺不全，疑摹釋寫作「寅」字不確。

辭蓋謂：

壬子卜，核貞：「翌甲□？」「否。」侖曆〔註57〕

三百九十一

摹釋：

王出貞

〔註57〕契版「不」字號明顯略大，疑「侖曰」即「侖曰『否』」之省文。

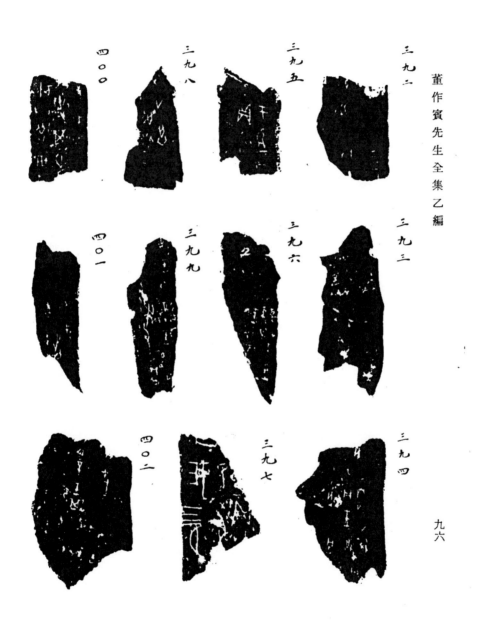

《外編》拓片 392、393、394、395、396、397、398、399、400、401、402

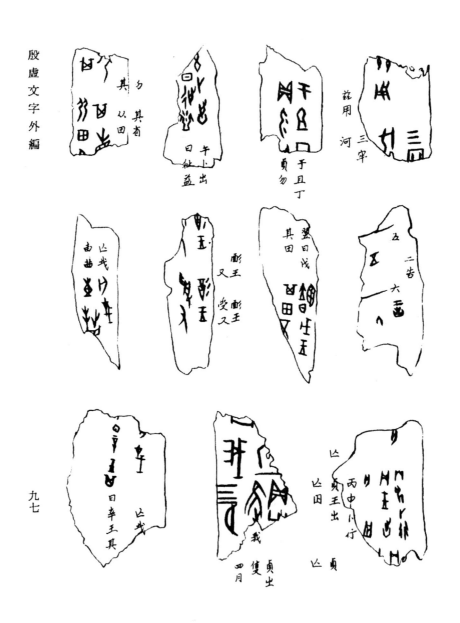

《外編》拓片摹本 392、393、394、395、396、397、398、399、400、401、402

三百九十二

摹釋：

　　　三牢兹用河

契版「兹」殘缺不全。

三百九十三

摹釋：

　　　二告　五　六

校勘：

契版殘缺不全，契文「告」與「二」、「五」、「六」大小相仿，疑「五」、「六」皆為兆序字衍入。

辭蓋謂：

　　　二告

三百九十四

摹釋：

　　　凵

　　　丙申卜行貞王出凵□

　　　貞凵

校勘：

摹釋「□」從「囗」從「卜」，例釋「『卜』」。

契版「貞凵」之「凵」摹釋補寫。

辭蓋謂：

　　　凵

　　　丙申卜，行貞：王出，凵「『卜』」？

　　　貞：□？

據董作賓先生考證，「行」為祖庚祖甲時期貞人。蓋如拓片「三百八十五」，契文亦為貞詢導致「占卜」失效因素的卜辭。

三百九十五

摹釋：

> 貞：勿于且丁？

校勘：

> 據摹釋拓片契版「勿」之下仍有字殘缺不全。

辭蓋謂：

> 貞：勿□于祖丁？

三百九十六

摹釋：

> 翌日戊其田

校勘：

> 契版「田」字下有字殘缺不全，左側「王」字為摹釋遺漏。

辭蓋謂：

> 翌日戊王其田□

三百九十七

摹釋：

> 貞屮隻　我　四月

校勘：

> 契版「貞」、「我」上有字殘缺不全。摹釋所及「屮」「隻」並殘缺不全。

辭蓋謂：

> □貞：屮獲？□我四月。

三百九十八

摹釋：

> 午卜出曰□益

校勘：

> 摹釋「□」從「彳」從「止」，疑即「于（遇）」字。

依甲骨文例辭蓋謂：

　　　　□午卜，出（貞）：（侖）曆，丁（遇）「益」？

蓋貞得出徵受益。

三百九十九

摹釋：

　　　　□王受又　　□王又

校勘：

　摹釋「王又」之「又」契版殘缺不全。

　摹釋「□」作左右結構，左從「酉」右從「彡」，疑即「酒」字。

　依架構，契版文字蓋謂：

　　　　酒王受又

　　　　酒王受又

四百

摹釋：

　　　　勿其　　其省从田

校勘：

　摹釋「勿其」的「勿」契版殘缺不全。摹釋所謂「從」疑讀如「質」。

　據摹釋拓片辭蓋謂：

　　　　其省□，質「田□」。

　　　　□其

四百零一

摹釋：

　　　　□□厶戈

校勘：

　摹釋「□」從「叀」省，即「叀」字；契版「□厶」之「□」與契文「省」

相似，從「省」從類拓片「二百一十六」「世世代代」合文結構，以契文結構

所從「丨」來看，疑讀如「『世世丨（織）』省」合文；摹釋「凵□」之「□」作「戈」，疑讀如「哉」。

辭蓋謂：

　　叀「『世世丨（織）』省」凵哉？

四百零二

摹釋：

　　日辛王其凵戈

校勘：

契版上側有一字殘缺不全。契版「亡」字殘缺不全，摹釋補寫。摹釋「戈」，疑讀如「哉」。

辭蓋謂：

　　□曆，辛，王其凵哉。

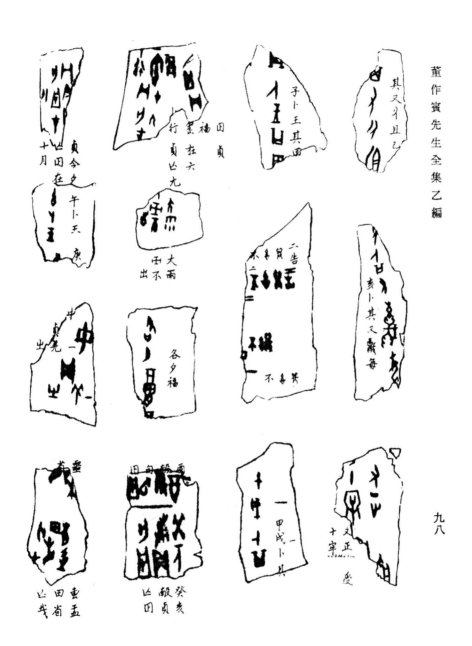

《外編》拓片摹本 403、404、405、406、407、408、409、410、412、413、
414、415、416

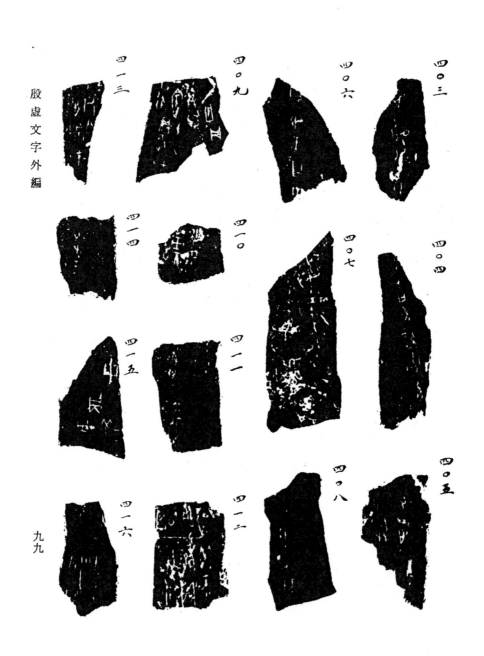

《外編》拓片 403、404、405、406、407、408、409、410、412、413、414、415、416

四百零三

摹釋：

其又示且乙

契版「其」殘缺不全。

四百零四

摹釋：

亥卜其又□□

校勘：

契版「亥」殘缺不全。「又□□」後一字摹釋作上下結構上從「甲」下從「毋」，疑讀如「拇」。「又□」之「□」疑讀如「斷」。

辭謂：

亥卜，其又斷拇？

四百零五

摹釋：

又正　十牢　受

校勘：

契版上側有一字殘缺不全，契版下側有兩字殘缺不全。

辭謂：

□

又正十牢

□□

四百零六

摹釋：

子卜王其田

契版上側「子」、下側「田」殘缺不全。

四百零七

摹釋：

> 不□□不□□二告

訂正：

摹釋「□□」逕抄契版。

摹釋「不□□」即「不以龜」。

辭蓋謂：

> 不以龜　不以龜　二告

四百零八

摹釋：

> 甲戌卜其

四百零九

摹釋：

> 行貞凵尤□在六福□貞

校勘：

契版上側有兩字殘缺不全。「□貞」之「□」從「囗」從「卜」，例釋「卜」字。摹釋「福」字漫漶難辨。摹釋「□在」之「□」疑即「核止」合文。契版上側有兩字殘缺不全。摹釋所謂「六」疑讀如「行契」。

辭蓋謂：

> □□卜，行貞：凵尤？□□□「核止」，在「行契」□□？□貞

拓片模糊契版契文頗難分辨。

四百一十

摹釋：

> 大雨□不出

校勘：

摹釋「□」逕抄契版，疑為「巫」。

辭謂：

> 大雨，□巫不出。

四百一十一

摹釋：

> 各夕福

校勘：

據摹釋拓片布局來看契版「四百一十一」下側似有字殘缺不全。

辭蓋謂：

> 各夕福□

四百一十二

摹釋：

> 癸亥□貞凵□
>
> 酉□旬□

校勘：

摹釋「□貞」、「酉□」之「□」作左右結構左從「南」右從「殳」，讀如「橐」。摹釋「凵□」、「旬□」之「□」從「囗」從「卜」例釋「『卜』」字。

辭蓋謂：

> 癸亥橐貞凵「『卜』」
>
> 酉橐旬「『卜』」

疑「酉橐旬『卜』」本作「辛酉卜，橐貞：旬亡『卜』？」

辭蓋謂：

> （辛）酉（卜），橐（貞）：旬（凵）「『卜』」？
>
> 癸亥卜，橐貞：旬凵「『卜』」？

四百一十三

摹釋：

> 貞：今夕凵□在十月？

校勘：

契版「夕」殘缺不全，摹釋補寫。

摹釋「□」從「口」從「卜」例釋「『卜』」字。

辭蓋謂：

貞：「今（夕）乢『卜』在『十月』？」

四百一十四

摹釋：

午卜王　庚

校勘：

契版「庚」殘缺不全，摹釋補寫。

辭蓋謂：

（庚）午卜，王

四百一十五

摹釋：

中貞：出羌？

四百一十六

摹釋：

省噩

重盂田省乢戋

校勘：

摹釋「噩」疑讀如「櫙」。「乢□」之「□」摹釋作「戋」，讀如「哉」。摹釋「省噩」，據契版拓片契文實殘缺不全。

辭蓋謂：

□□

重盂田省乢□

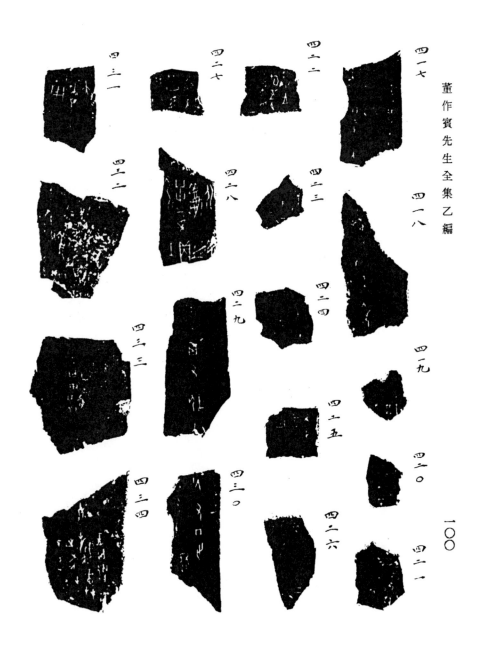

董作賓先生全集乙編

四一七　四一八　四一九　四二〇　四二一　一〇〇

四二〇　四二一　四二二　四二三　四二四　四二五　四二六

四二七　四二八　四二九　四三〇　四三一　四三二　四三三　四三四

《外編》拓片 417、418、419、420、421、422、423、424、425、426、427、
428、429、430、431、432、433、434

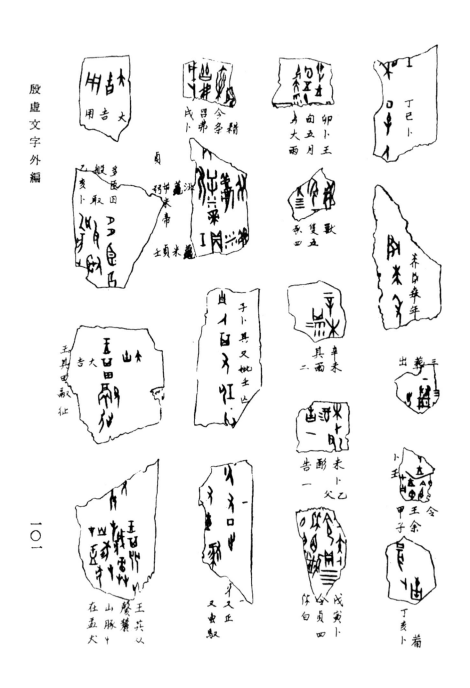

《外編》拓片摹本 417、418、419、420、421、422、423、424、425、426、427、428、429、430、431、432、433、434

四百一十七

摹釋：

　　丁巳卜

校勘：

　　契版上側有兩字殘缺不全，疑讀如「和壬」。

　　辭蓋謂：

　　　　□□

　　　　丁巳卜

四百一十八

摹釋：

　　□□□年

校勘：

　　契版「□年」蓋即「誄年」，「誄」字摹釋逕抄「契版」。「□誄」之「□」，摹釋亦逕抄契版。更在抄寫契版字形上著一字作上下結構上從契文「禾」下從隸定字「介」，疑本為摹本拓片「四百一十七」上側「□壬」之「□」的隸寫字，誤抄入拓片「四百一十八」摹本拓片。

　　契版「□□年」之第一字蓋即「譜牒」的「牒」。

　　辭謂：

　　　　「牒」誄年

　　疑最早的「譜牒」學亦發生於「結繩記事」時代。

四百一十九

摹釋：

　　出葬

四百二十

摹釋：

　　卜王

　　甲子王余令

校勘：

　　契版左側有一字殘缺不全。

　　辭蓋謂：

　　　　卜王

　　　　甲子王余令□

四百二十一

摹釋：

　　　　丁亥卜備

校勘：

　　摹釋所謂「備」〔註58〕蓋「占至」合文。

　　辭或謂：

　　　　丁亥卜，「占至」。

　　蓋「備」即「占至」之義。《周禮・太卜》有「作龜之八命」，「六曰至」的記載，注云「至謂至不也」〔註59〕，蓋即此處「占至」之類。

四百二十二

摹釋：

　　　　卯卜王旬五月□大雨

校勘：

　　摹釋「□」逕抄契版，疑「即」字。

　　辭蓋謂：

　　　　卯卜：「王？旬？五月即大雨？」

　　大約貞人對「五月即大雨」不能理解，卜問是「王」還是「旬」所致。

〔註58〕「摹釋」「備」無「亻」，操作「系統」中一時無由尋見。
〔註59〕《十三經注疏》整理委員會整理，李學勤主編：《十三經注疏・周禮注疏》，北京：
　　　　北京大學出版社，1999，第 639 頁。

四百二十三

摹釋：

　　豕四隻五獸

校勘：

　　契版「豕」、「隻」、「獸」、「五」殘缺不全，摹釋補寫。

　　「隻」讀如「獲」。「豕」蓋摹釋誤讀，應讀如「尤」。參拓片「四百二十九」
《校勘》部分，「拓片『四百二十三』與拓片『四百二十九』拼合圖」。

　　辭蓋謂：

　　四獲五獸。

　　蓋先民「捕獵」之記錄。

四百二十四

摹釋：

　　辛未其雨

四百二十五

摹釋：

　　未卜父乙□告

校勘：

　　摹釋「□」作左右結構左「彡」右「酉」，疑讀為「酒」。

　　辭蓋謂：

　　□未卜：「父乙，酒告？」

四百二十六

摹釋：

　　戊寅卜令貞四□白

校勘：

　　摹釋「□」逡抄契版，疑讀如「侎」〔註60〕，摹釋「白」疑讀如「記百」

〔註60〕參〔明〕梅膺祚《字彙》，萬曆乙卯刊本。

或「百」。契版「記百」以下多字為摹釋遺漏。契版「白」下有二字疑讀如「仅栽」，「仅栽」後二字，上側一字似斜契的「上」字，下側一字似「采」字，疑讀如「上采」。

辭蓋謂：

　　戊寅卜，令貞：「四『侏』『記百』」？「仅栽」上采？

蓋貞詢田間勞作事。「侏」據信為東夷地區遠古時期的「樂舞」之名，「四『侏』」蓋言「四『侏』」的時間，「四『侏』『記百』」蓋卜問「四『侏』」的時間才種了上百之數。「『仅栽』上采」蓋卜問是不是僅工作半天，只有上午工作。

四百二十七

摹釋：

　　戊卜□弗今條耤

校勘：

契版「□」作上下結構，上從二個水滴形下從「口」，疑讀如「臨」。

摹釋所釋「今條」疑讀如「梳」。

「弗梳」，疑卜問家庭生活情況。摹釋所及「耤」契版模糊難辨。

辭蓋謂：

　　□戊卜，臨弗梳□？

四百二十八

摹釋：

　　貞

　　弜屶米帝□□

　　壬貞米□

校勘：

契版上側「貞」字殘缺不全。

「弜」疑讀如「質」。「米」疑為遠古時期先民對早期契文的「結繩記事」稱呼，姑且隸定作「符」，蓋「符契」「符信」〔註61〕即「書寫」義；「帝□」之

<hr>

〔註61〕參見〔明〕梅膺祚《字彙》萬曆乙卯刊本。

「□」疑讀如「夢」；「夢□」之「□」摹釋從「冫」從「北」，疑讀如「忙」。「壬貞米□」之「□」蓋亦「夢」字。

依契文所述，辭蓋謂：

壬貞：符夢

質：逆符帝，夢忙

貞

蓋貞人夢見「逆符（寫）」「帝」字，醒來後占問其事。

四百二十九

摹釋：

子卜其又妣壬亡

校勘：

契版「亡」字殘缺不全，摹釋補寫。拓片「四百二十三」蓋與拓片「四百二十九」本屬同一卜版。拼合後如圖：

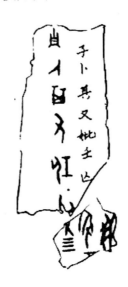

由拼合圖可知，拓片「四百二十九」下側一字蓋「尤」字。

拓片「四百二十三」當讀如「尤四獲五獸」。

拓片「四百二十九」當與拓片「四百二十三」合讀。

辭蓋謂：

子卜：「其又妣壬尤？四獲五獸。」

由體勢分析此版蓋貞人「出」刻寫之卜辭，「出」為祖庚祖甲時貞人。疑「武

丁」之父「小乙」或「小甲」、「和甲」、「盤庚」等有妻曰「妣壬」。「四獲五獸」蓋「四月獲五獸」之殘文。貞人之卜辭，本來或為：

　　　□子卜：「其又妣壬尤？四月獲五獸？」

　或是商部族至於祖庚祖甲時代依舊保留著狩獵傳統，妣壬抱怨一個月才補得五隻野獸。

四百三十

摹釋：

　　　示又正

　　　又叀馭

校勘：

　契文「叀馭」義有殘缺，疑契版殘缺不全。

辭蓋謂：

　　　示又征

　　　又叀馭□

四百三十一

摹釋：

　　　大□用

校勘：

　摹釋「□」從「土」從「口」，就契版拓片來看摹釋文字與契版契文略有差別。

辭蓋謂：

　　　大□用

四百三十二

摹釋：

　　　乙亥卜般取多臣□

校勘：

　摹釋「□」從「口」從「卜」，例釋「『卜』」字。契版契文殘缺不全。

辭蓋謂：

乙亥卜：「般取多臣□？」

四百三十三

摹釋：

大□

王其田□□

校勘：

摹釋「大□」作上下結構上從「土」下從「口」，疑讀如「吉」。摹釋「田
□」之「□」作左右結構左「鬲」右「丑」，疑「鬲丑」合文。「□□」最後一
字從「彳」從「止」，疑讀如「示止」合文。

辭蓋謂：

王其田「丑鬲」「示止」

大吉

「示止」蓋即今「祉」字。蓋言「丑鬲祉」。

謂：

王其田，「丑鬲」「祉」，大吉。

疑商代後期記事刻辭。蓋帝辛畋獵，「丑鬲」示止，事逢「大吉」。

四百三十四

摹釋：

王其從□麓山豚□在盂犬

校勘：

摹釋「□麓」之「□」字從「辰」省、從「戌」、從「亥」、從「中」，摹釋
作從「声」從「殳」從「亥」，摹釋所謂「麓」契文從「□」從「艸」。

就相關文獻來看，干支字「亥」偶或假作「河」〔註62〕。「□麓」之「□」
從「亥」省或亦與「河水」有關；又從「戌」，就契文字形來看，疑「戌」假
作「成」用為「城」；「声」省結構，就其契文字形蓋即古「芦」字，疑假作

〔註62〕參見「花東甲骨」相關契文記錄。

「护」〔註63〕：「□麓」之「□」蓋以「芦草叢生」之「芦城河」疑即今所謂「戶城河」為言。摹釋「麓」上從「巫」省下從「○」又從「艸」，疑「□艸」合文。「巫」省結構上部似「山」，中部似「一」，蓋即「屵」字，下部所從「○」遠古或讀如「土」，疑即「高崖」的「崖」字，所謂「麓」者蓋「崖艸」。「□麓」，蓋即「『護城河』崖艸」之謂。摹釋「山豚草」之「山」疑讀如「丘」，蓋言「丘豚草」。以「『河沿草』」與「『山豚草』」相對，與安陽有山有水之地理環境亦合。「盂犬」蓋「犬盂」疑指當時某動物造型青銅器皿。

摹釋所謂「从」字下似仍有「契文」殘缺不全。

契版上側有兩字殘缺不全，上側字疑讀如「系」。

辭蓋謂：

系□

王其比□「『戶（芦）城河』崖艸」、「丘豚草」在「盂犬」

蓋遠古時代國君為了需要偶而會專門對各種草類進行比較分析，或即遠古中國中醫中草藥研究之萌芽。疑「丘豚草」即「狗尾草」。

彩版九（Ⅸ）

司母辛銅四足觥（803）

〔註63〕舊籍「芦」寫作「蘆」，「戶」寫作「護」，蓋皆數千年相沿之「孳乳」字。行文取甲骨文時代之字形為用。

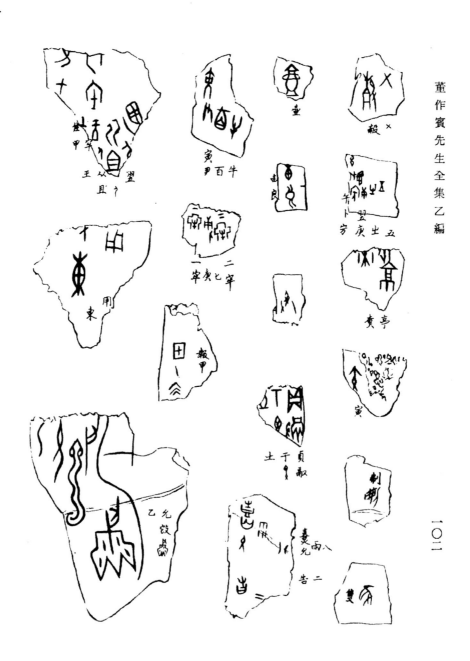

《外編》拓片摹本 435、436、437、438、439、440、441、442、443、444、
445、446、447、448、449、450、451

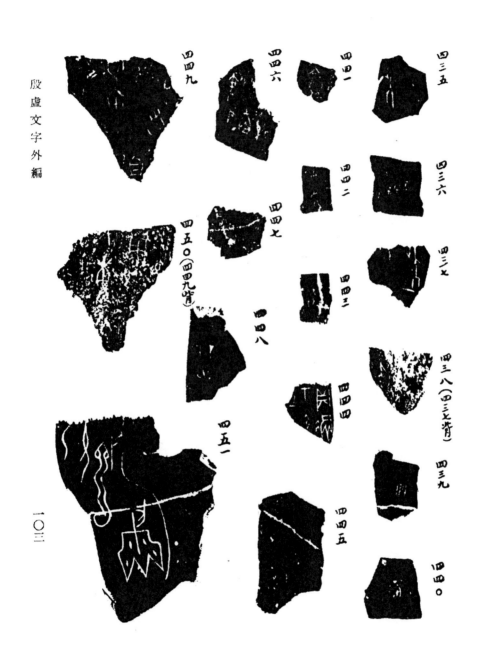

《外編》拓片 435、436、437、438、439、440、441、442、443、444、445、
446、447、448、449、450、451

四百三十五

摹釋：

　　　　□×

　　摹釋「□」從「南」從「殳」，蓋讀如「皷」。「×」意義不明，疑為刻畫符號。

校勘：

　　辭謂：

　　　　皷

四百三十六

摹釋：

　　　　午卜□翌庚屮五

校勘：

　　摹釋「□」從「宀」從「万」，疑讀如「核」。

　　辭謂：

　　　　午卜核翌庚屮五

　　契文中偶或會見到契文省契之例。契版所及契文「核」蓋即「核貞」之省。

　　辭蓋謂：

　　　　午卜，核（貞）：翌庚屮五？

四百三十七

摹釋：

　　　　尞亭

校勘：

　　契版「亭」上有一字殘缺不全，疑從「宀」從「牛」。

　　辭謂：

　　　　尞牢亭

四百三十八

摹釋：

　　寅

四百三十九

摹釋：

　　制

四百四十

摹釋：

　　隻

四百四十一

摹釋：

　　壺

四百四十二

摹釋：

　　□良

校勘：

　　摹釋「□」作「叀」省，疑讀如「苗」。摹釋「良」疑讀為「途」。

辭謂：

　　苗途

四百四十三

摹釋：

　　拓片「四百四十三」摹釋未摹寫。就拓片摹寫來看疑讀如：

　　　　貞：受十

　　摹釋拓片左側中下部契文「貞」殘缺不全。

四百四十四

摹釋：

> 貞□示□土

校勘：

摹釋「□示」從「鬲」從「丑」，即上文「丑鬲」合文。摹釋「示□」之「□」契版殘缺不全，摹釋逕抄契版並補寫，疑「系西」合文。「土」即上文所釋「夏」。

辭蓋謂：

> 貞：「丑鬲」示「『系西』」？「夏」？

契版殘缺其義不明。

四百四十五

摹釋：

> 八雨□允二告

校勘：

摹釋「□」契版從「壴」從「火」，疑讀如「喜」。摹釋「允」疑讀如「系」。契版所及「八」、「二」疑衍入。

辭蓋謂：

> 雨，喜系。告。

四百四十六

摹釋：

> 寅尹百牛

校勘：

摹釋所謂「尹」疑讀「皮」假作「坡」。「百牛」之「百」蓋當讀作「記一百」。契版所謂「寅」疑讀如「黃」。

辭蓋謂：

> 黃坡「記一百」牛

所謂「黃土高坡」，「黃坡」蓋安陽地區昔年某一牧場之專名。契文蓋謂「牧場上計有一百頭牛」。

四百四十七

摹釋：

　　　　牢匕庚牢

校勘：

　　「匕庚」蓋即「妣庚」。辭蓋謂：

　　　　牢妣庚牢

　　契版殘缺不全，疑謂：

　　　　牢，妣庚；牢，□□。

四百四十八

摹釋：

　　　　報甲

校勘：

　　契版「報甲」下摹釋遺漏「十□」二字，「十□」之「十」蓋像「繩線」疑假為「織」，「十□」之「□」蓋如上文「記一百」之「記」，契文言「記記記」。

　　「報甲」即「上甲微」。

　　辭蓋謂：

　　　　「報甲」「織」「記記記」

四百四十九

摹釋：

　　　　翌□从且牢王隹甲

校勘：

　　摹釋「□」逕抄契文，疑讀如「妣」。摹釋所謂「从」疑讀如「質」。契版拓

片「且」從二「妣」疑會「祖□及其二妣」。契版「匕」字殘缺不全。「匕□」之「□」蓋「契甲」合文。摹釋「隹甲」之「隹」契版契文殘缺不全，疑即「系」字。又摹釋所謂「契甲」拓片摹釋與「拓片」似亦略有不同。

就契版結構及甲骨文例來看，辭蓋謂：

翌乙□，質「祖□並二妣」匕「契甲」王上□□系甲

就相關文獻來看疑「祖□」指向「祖乙」，「契甲」疑指向「河亶甲」，「系甲」疑指向「小甲」。「王上□」蓋謂「譜牒」一類。契版結構所及「□系」之「□」疑即「至」字。疑契文全文或謂：

翌乙□，質「祖□並二妣」匕「契甲」王上「牒」至「系甲」

四百五十

摹釋：

用東

校勘：

契版上側有「七」字，疑兆序字。

辭蓋謂：

用東

四百五十一

摹釋：

乙允□□

校勘：

摹釋所謂「允」蓋即「系」字。契版上側「聿」下之「字」蓋象形，即《說文》所謂「它」〔註64〕。下側從「聿」從「鬲」者，疑讀如「鬲書」合文。

辭蓋謂：

乙系它書　鬲

依契文自身所敘之邏輯來看，辭蓋謂：

鬲書　書「它」系「乙」。

蓋銘文鑄刻之契文載記。

〔註64〕〔漢〕許慎：《說文解字》，北京：中華書局，1963 年，第 285 頁。

董作賓先生全集乙編

一〇四

《外編》拓片 452

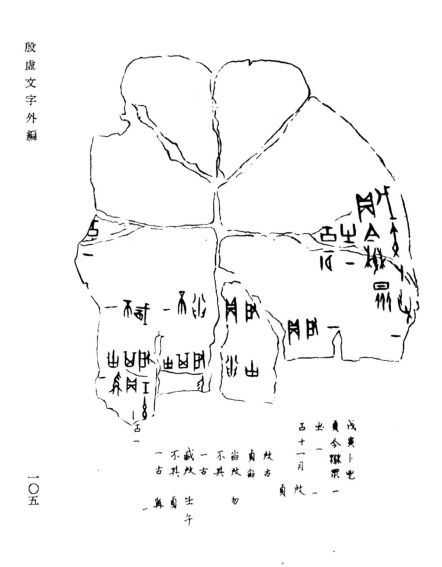

《外編》拓片摹本 452

四百五十二

摹釋：

拓片 452 摹釋如下：

戊
寅
卜
乩

貞
今
欁
眾
一

出
一

周
十
一
月
戊

貞
乩
古

攷
古

不
其
攷
古

不
其
攷
古
勿

戕
貞
午

角
貞
生
午

校勘：

摹釋右起一行第四字疑讀如「乩」，右起第二行第三字疑讀如「春」，右起第二行第四字疑讀如「眾」，右起第四行第一字疑讀如「周」，右起第四行第三字契版「一」字疑衍入，右起第七行第二字契版契文疑讀如「忙」，右起第十一行第一字疑讀如「戛」。左起第二字疑讀如上文所見「備」。

就契版結構來看疑右起第一則「啟貞」文辭為「啟貞，備戛」之斷版，蓋貞問「啟占以備武器否」。

就契版「戊寅」及「壬午」兩個時間來看，所謂「啟貞」「啟貞備忙」等蓋「己卯」、「庚辰」、「辛巳」三天之間的占卜記錄。

契版下側之「丨」讀如「十」。疑契版下側相關契文殘缺不全。契版左側有「周一」字樣，「一」蓋衍入。

依貞文及斷辭，契版蓋謂：

占　戊寅卜，乩貞：「今春，眾出周？」

斷　「十月。」

問　啟貞？（備戛？）

卜　「『戛』否」。

問　啟貞？備忙？

卜　「『忙』否」。

問　啟其備？

卜　「勿」。

問　啟其備？

卜　「再」。

占　壬午（卜），（乩）貞：十（月）

　　周

　　蓋有關早期周周關係之卜辭。據董作賓先生考證「乩」為武丁時期貞人，此蓋武丁卜辭。

　　《周禮・太卜》謂「以邦事作龜之八命」，首曰「徵」〔註65〕，又謂「國大遷、大師，則貞龜」〔註66〕，契版契文蓋即「出師」「出征」類「命龜」〔註67〕載記。

　　本冊拓片「二百五十」有「辛酉，□，其允我曰：『貞。』」的契文記錄，蓋亦「啟貞」與否之相關記錄。

　　疑所謂「允貞」與否即契版所見「戊寅卜」一則之下「己卯」、「庚辰」、「辛巳」、「壬午」幾則卜辭之主要目的所在。蓋「戊寅」日卜得「十月或可勝周」，貞人以「國有征伐事關重大」，欲命龜詳占其事，所謂「啟其備」「啟（其）貞」者恰以是。

　　蓋遠古時期「命龜」之契文載記。「啟貞」云者蓋即後世所謂「命辭」。

　　「壬午貞十」蓋系「壬午」當天「命龜」完成，貞問「十月」征伐事之卜辭略記。

〔註65〕《十三經注疏》整理委員會整理，李學勤主編：《十三經注疏・周禮注疏》，北京：北京大學出版社，1999 年，第 639 頁。

〔註66〕《十三經注疏》整理委員會整理，李學勤主編：《十三經注疏・周禮注疏》，北京：北京大學出版社，1999 年，第 643 頁。

〔註67〕《十三經注疏》整理委員會整理，李學勤主編：《十三經注疏・周禮注疏》，北京：北京大學出版社，1999 年，第 639 頁。

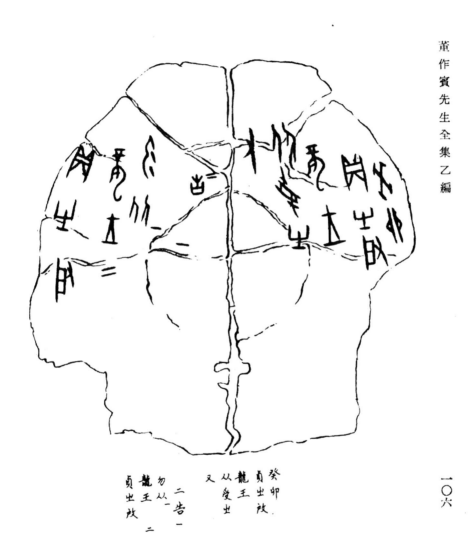

董作賓先生全集乙編

一〇六

貞龍勿二癸
出王從告卯
改　　一貞
　　　　出
龍　　　改
王
從又
受
出

《外編》拓片摹本 453

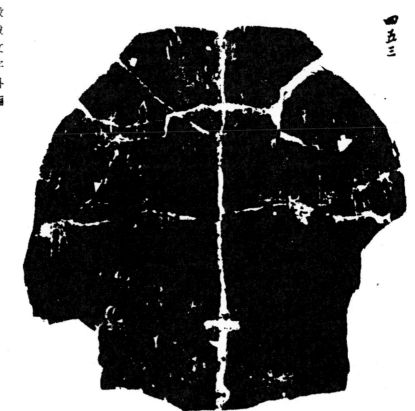

《外編》拓片 453

四百五十三

摹釋：

> 癸卯貞：「坐啟，龍王从受坐又？」
>
> 貞：「坐啟，龍王勿从？」
>
> 告

校勘：

摹釋所及數字疑衍入。契文言及「啟」與「龍王」，疑遠古中國早期「龍王」信仰相關材料。「啟」蓋謂「夏啟」。契文卜問「『坐』祭」夏啟龍王會不會受到佑助。

「勿从」蓋「勿从（受坐又）」之省略。

辭蓋謂：

> 癸卯貞：「坐啟，龍王从受坐又？」
>
> 貞：「坐啟，龍王勿从（受坐又）？」
>
> 告

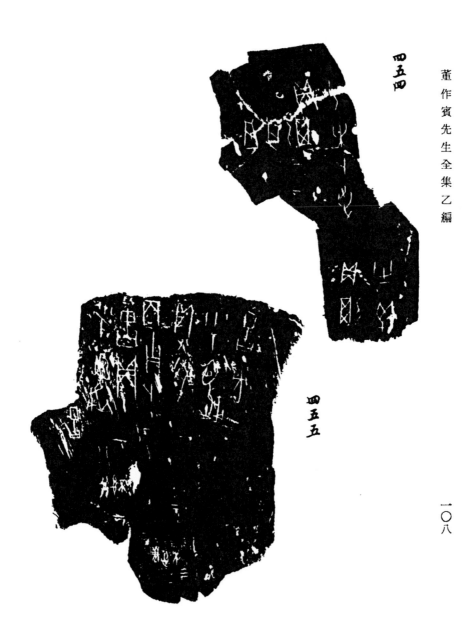

董作賓先生全集乙編

四五四

四五五

一〇八

《外編》拓片 454、455

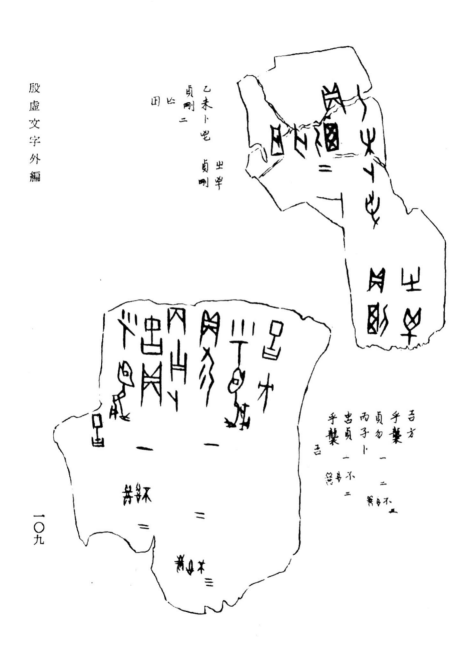

乙未卜兒　貞剛

貞剛二

曰

一〇九

《外編》拓片摹本 454、455

四百五十四

摹釋：

> 乙未卜□貞：剛卬□？
>
> 屮□貞剛

校勘：

摹釋「卜□」之「□」作上下結構上從「凶」下從「匕」，疑讀如「乩」；「亡□」之「□」從「口」從「卜」例釋「『卜』」字；「屮□」之「□」作上下結構上從「凶」下從「十」，疑讀如「織甲」合文。

摹釋「剛」疑「網刻」合文。

辭蓋謂：

> 乙未卜，乩貞：「『網刻』卬『卜』？」
>
> 貞：「『網刻』屮『織甲』」？

「網刻」疑即「『結繩記事』式『契刻』」。「『網刻』卬『卜』」蓋卜問是否「『結繩記事』式『契刻』」影響「占卜」，「『網刻』屮『織甲』」蓋卜問「『結繩記事』式『契刻』」是否能屮乎「織甲」。

四百五十五

摹釋：

> 丙子卜□貞：乎□□？
>
> 貞：勿乎□□方？
>
> 不□□
>
> 不□□

校勘：

摹釋「□貞」之「□」上下結構上從「中」下從「口」，疑讀如「中」；「乎□」之「□」疑讀如「踐」；「□方」之「□」疑讀如「周」；「不□□」疑即「不以龜」。

辭蓋謂：

> 丙子卜，中貞：「乎踐周？」
>
> 貞：「勿乎踐周方？」
>
> 不以龜
>
> 不以龜

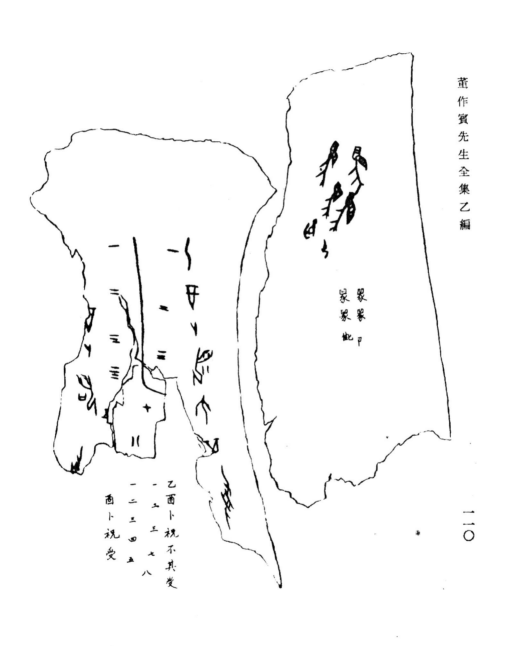

《外編》拓片摹本 456、457

殷虛文字外編

四五六

四五七

一二

《外編》拓片 456、457

四百五十六

摹釋：

　　□□□□卩

校勘：

　　摹釋「□□□□」契文作上下結構上從「凹」下從「豕」省，「□卩」之「□」
從「隹」從「匕」。

　　摹釋上下結構上從「凹」下從「豕」省之字疑即上文所言「鳥」字，摹釋
「□卩」之「□」從「隹」從「匕」之字疑從「糸」從「匕」讀如「紕」。

辭謂：

　　鳥鳥鳥鳥

　　紕

　　卩

四百五十七

摹釋：

　　乙酉卜祝不其受

　　酉卜祝受

校勘：

　　摹釋「祝」疑讀如「漱」。

　　就契版來看「卜祝」之「祝」像古人以水漱口，疑讀如「漱」。

辭謂：

　　乙酉卜，漱不其受？

　　酉卜：漱受？

　　蓋貞人關於遠古時期社會生活習慣方面的貞問。

《外編》拓片 458、459

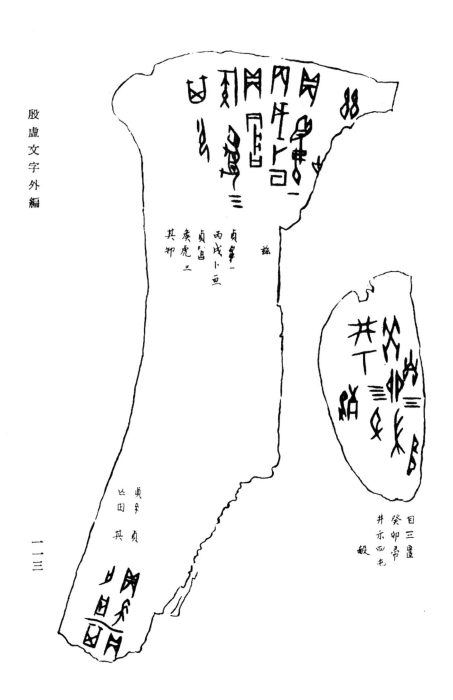

殷虛文字外編

一一三

《外編》拓片摹本 458、459

四百五十八

摹釋：

> 丙戌卜，互貞：□兹？
>
> 貞：□□虎其□？
>
> 貞□𠃜□？
>
> 貞其

校勘：

摹釋「□兹」之「□」逕抄契版，疑讀如「己弗夏」合文；「貞：□」之「□」疑讀如「喆」；「□虎」之「□」疑讀如「侯」；「其□」之「□」疑讀如「允」；「貞□」之「□」摹釋逕抄契版，疑讀如「契帚」合文；「𠃜□」之「□」從「□」從「卜」例釋『卜』字。「丙戌卜」一句契版右下側有一「在」字殘缺不全。

辭謂：

> 丙戌卜，互貞：「己弗夏」在兹？
>
> 貞：「喆侯虎」其允？
>
> 貞：「契帚」𠃜「『卜』」？
>
> 貞：其

契版殘缺不全，其義不明。疑「喆侯虎」為遠古時期部族「武將」之名。「己弗夏」為遠古時期部族「文聖」之稱。

四百五十九

摹釋：

> 自三□
>
> 癸卯帚
>
> 井示四屯
>
> □

校勘：

「三□」之「□」疑讀如「師」，「井」疑上文所及「婦妌」之「妌」的省寫，「屯」疑讀如「芽」，摹釋「□」從「南」從「殳」疑讀作「𣪊」。

疑「自三□」屬另一段契文。

辭蓋謂：

　　　自三師

　　　癸卯，帝井示四芽。　　　蕈

契文「蕈」蓋用為「署簽」。

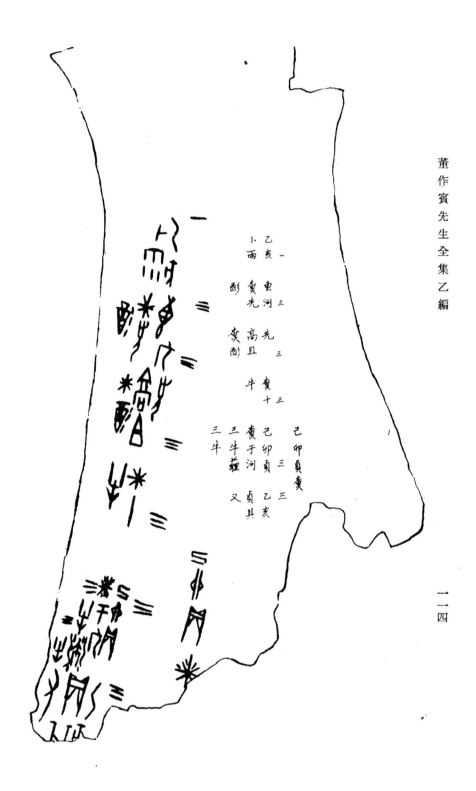

董作賓先生全集乙編

一一四

《外編》拓片摹本 460

四六〇

殷虛文字外編

一五

《外編》拓片 460

四百六十

摹釋：

己亥卜雨

叀河燎先□

先高且燎□

燎十牛

己卯貞尞於河三牛蘿三牛

乙亥貞其又

己卯貞燎

校勘：

摹釋「□」從「酉」從「彡」，疑讀如「酒」；摹釋「蘿」疑讀如「汰」。

辭蓋謂：

己亥卜雨

叀河燎先酒

先高且燎酒

燎十牛

己卯貞尞于河三牛汰三牛

乙亥貞其又

己卯貞燎

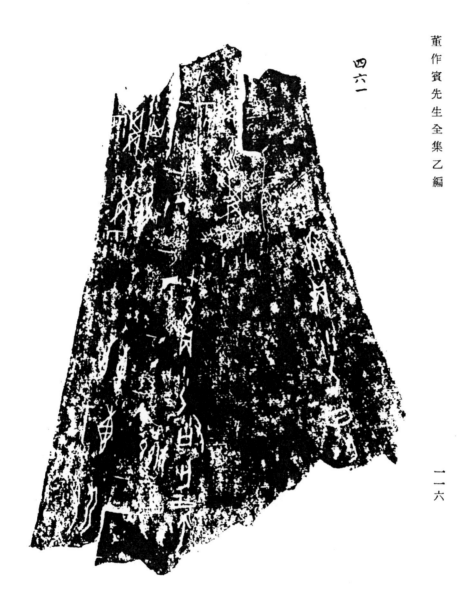

董作賓先生全集乙編

四六一

一一六

《外編》拓片 461

殷虛文字外編

一一七

《外編》拓片摹本 461

四百六十一

摹釋：

甲辰貞小乙曰⼐□

其菁雨

不菁雨

甲申貞小乙祭⼐□

用茲

其菁雨

不菁雨

叀妣

叀示

□又

校勘：

「甲辰」一則文末契文殘缺不全，就契文布局來看疑與「甲申」一則契文「⼐□」之「□」相同，即上文之「倦」字；「□又」之「□」疑讀如「質」。「叀妣」之「妣」蓋「刻」之省。

辭蓋謂：

甲辰貞：小乙曰⼐（倦）？

其菁雨

不菁雨

甲申貞：小乙祭⼐倦？

　　　　用茲

其菁雨

不菁雨

叀刻

叀示

質又

契版殘缺，其義不明。

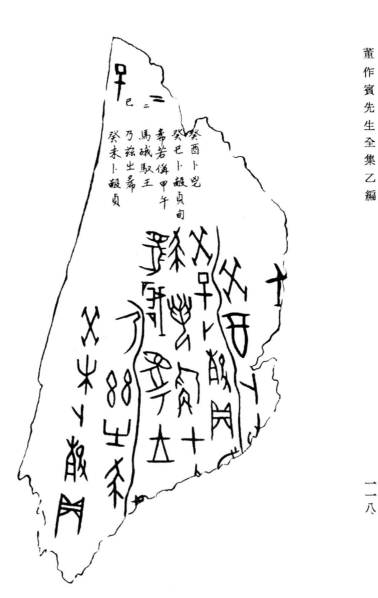

董作賓先生全集乙編

一二八

《外編》拓片摹本 462

殷虚文字外編

四六二

一一九

《外編》拓片 462

四百六十二

摹釋：

> 巳二
>
> 癸酉卜□
>
> 癸巳卜□貞旬
>
> □若偁甲午
>
> 馬碔馭王
>
> 乃茲屮□
>
> 癸未卜□貞

校勘：

摹釋「酉卜□」之「□」契版殘缺不全摹釋補寫，疑讀如「乩」；摹釋「巳卜□」、「未卜□」之「□」從「南」從「殳」，疑讀如「覃」；「□若」、「屮□」之「□」疑讀如「大書」合文；「若」疑讀如「黽」；「若偁」之「偁」疑讀如「稱」；「『碔』」疑讀如《說卦》所言合文的額」合文，其義蓋即指「某種專門之馬」；「馭」疑讀如「馬示」合文即「禡」字。

契版「癸酉卜乩」右側有一字殘缺不全。

辭蓋謂：

> 巳二
>
> 癸酉卜，乩
>
> □
>
> 癸巳卜，覃貞：（旬）
>
> 「『大書』黽」稱甲（午）
>
> 「馬」「的額」「禡」王□
>
> 癸未卜，覃貞：質茲屮「大書」？

契版殘缺不全，契文不夠連貫，但依時間來看，疑契版契刻順序蓋先「癸酉」一則再「癸未」一則再「癸巳」一則。「巳二」雖與契文主體相去較遠，疑亦與下文為句，「巳」疑讀如「祭祀」之「祀」。

依甲骨文常見例，辭蓋謂：

> 癸酉卜，乩（貞）：□

　　癸未卜，葦貞：質茲屮「大書」？

　　癸巳卜，葦貞，旬（亡「『卜』」）？「二『大書』黽」稱：甲午
祀，「馬『的顙』」「禍」王□？

　　據董作賓先生考證「葦」為武丁時期貞人。此蓋武丁卜辭。以「二『大書』
黽」來看，疑「癸巳」日貞人葦貞詢時懷疑「二『大書』黽」所繫即影響「占
卜」的關鍵所在。「馬『的顙』」蓋即「『的顙』馬」之倒稱。

四六三（四六三反）

一二〇

《外編》拓片 463

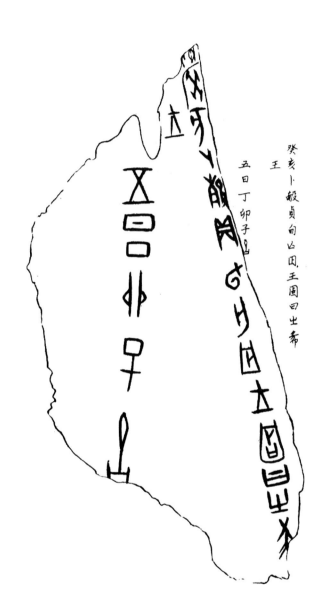

《外編》拓片摹本 463

四百六十三

摹釋：

> 癸亥卜□貞旬亾□王□曰业□王
>
> 五日丁卯子□

校勘：

摹釋「卜□」之「□」從「南」從「殳」疑讀如「覃」，「亾□」之「□」從「□」從「卜」例釋「『卜』」字，「业□」之「□」疑讀如「大書」，「子□」之「□」疑讀如「中」。

契版上側有字殘缺不全。

辭蓋謂：

> □□
>
> 癸亥卜，覃貞：旬亾「『卜』」？王「占」曰「业『大書』王」。
>
> 五日丁卯子中

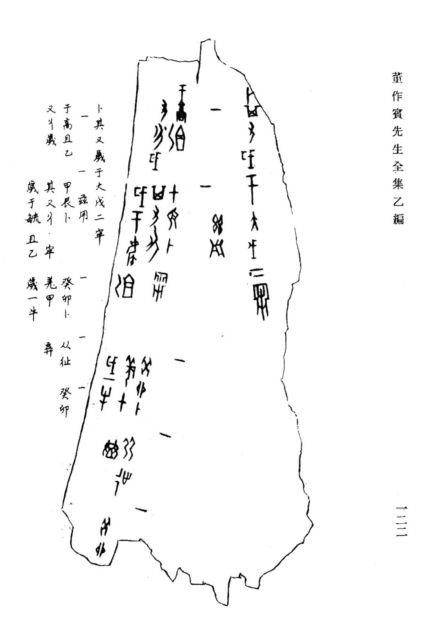

卜其又歲于大戊二牢

于高且乙　一　兹用

又ㄔ歲　甲辰卜　癸卯卜　从征　癸卯

其又ㄔ．牢　羌甲　弄

歲于毓且乙　歲一牛

董作賓先生全集乙編

一三二

《外編》拓片摹本 464

殷虛文字外編

四六四

一二三

《外編》拓片 464

四百六十四

摹釋：

> 卜其又歲于大戊二牢
>
> 　　　　茲用
>
> 于高且乙又□歲
>
> 甲辰卜其又□歲于毓
>
> 牢　　且乙
>
> 癸卯卜羌甲歲一牛
>
> 從□□
>
> 癸卯

校勘：

摹釋「又□」之「□」迻抄契版，疑讀如「示」；摹釋所謂「毓」疑讀如「姪」；「從□」之「從」疑讀如「質」；「從□」之「□」疑讀如「丁（遇）」；「征□」之「□」疑讀「氅」；「羌」疑讀如「辰羌」合文，疑遠古時期「羌」族之一系，「□甲」蓋即「陽甲」。

辭蓋謂：

> 卜，其又歲于大戊二牢？
>
> 　　　　茲用
>
> 于高且乙又示歲
>
> 甲辰卜，「牢」，其又示歲于姪且乙
>
> 癸卯卜，「『辰羌』甲」歲一牛？
>
> 質丁（遇）氅
>
> 癸卯

董作賓先生全集乙編

一二四

《殷虛文字外編》新訂釋文輯錄

000001

　　壬子卜，核貞：周方出，王進？五月。

000002

　　丙辰卜，核貞：「乙卯而丙辰，王眠，自西□？王『占』曰『吉』。勿『隹卜』？」

000003

　　卜，核貞：「『眠』克拔周，示夏取㞢□？」

　　丙寅卜

　　丙

000004

　　乙未卜，核貞：仅今三月雨？王「占」曰：「其雨。」隹□

000005

　　帚（婦）井示四「芽」。　　蕈

000006

　　戊寅卜，核貞：允帚（婦）姘于母庚？

　　己丑卜，核貞：㞢于太甲？

000007

  壬子帚（婦）嫵示一「芽」 掃

000008

  丁巳卜，核貞：燎于王亥十媹卯十牛，二三南告「其妣」見乘徵「下禹」？

000009

  酉示十「芽」屮一 刻

000010

  己丑卜，乩貞：屮□自□？

000011

  戊子帚（婦）辛示四「芽」烎

000012

  掃

000013、000014

  □□卜，葦貞：沚戛

  □「占」曰：甲午其屮□，吉。□其隹甲，余 「戊」。

000015

  辛亥卜，中貞：歸，不「『執』」？

      貞：屮「休織」，告陽甲？

000016

  □其受屮

  不以龜

000017

  卯卜，葦貞：屮于王？

  辰卜，葦貞：絾□？

000018

  貞：未年于示壬？

000019

  □曰吉其□

   □□·

000020

　　□□（卜）□貞：「夏」信歸于河□？

　　□□　□　□□菁羌？絅用？

000021

　　貞：□信？

　　貞：乎信？

000022

　　壬寅卜，貞：耒雨？

000023

　　□上甲微耒年

000024

　　在我

000025

　　「翌辛亥□帝乎？」

　　貞：「系『看凵

　　其酒』？」

000026

　　□□卜乙卯卜

　　王

000027

　　吉。其隹丙凵「報」凵「尨」。

000028

　　貞：質「祭」三月？

　　癸巳卜，係貞：比歲祭牛？

　　貞：「□」，三月？

　　貞：凵

　　癸巳貞□比

000029

　　□酉卜，貞：「旬□『卜』」？

癸亥卜，大貞：「旬亡『卜』」？

癸亥卜，貞：「旬亡『卜』」？

癸丑□，大□：「旬□□？」

000030

己卯卜：「王令允方？」

丁巳卜，王貞：「四卜乎從征方，系『獲』？」

000031

己巳貞：亥屮于唐三□？

000032

壬 不

追

多□

000033

丁卯帚（婦）學其

000034

癸酉卜，王貞：自今癸酉至于乙酉，邑匕（妣）其看，「方」「卬」；不其看，「方」「婞」？一月

000035

己丑卜，乩貞：「屮疾齒，父乙隹屮一腮在忙？」

000036

貞：好？

000037

癸酉卜，𧷤貞：今日王步？

辛丑卜，𧷤貞：翌乙巳王勿步？

貞：「師不其隻□？」

貞：「允？」

000038

貞：「勿屮于妣己？」

「不以龜。」告。

000039

　　甲□卜：「翌日乙，王其省田湄日吉？」

000040

　　壬午卜，貞：王其田凵哉？

　　戊戌卜，貞：王其田凵哉？

　　乙未卜

000041

　　叀丁丑□酒王受凵有

000042

　　□

　　翌日酒

　　質小□用

000043

　　　告曰又龔王其乎□

000044

　　戊寅卜，庚辰王步于帝鹽。

000045

　　（□□卜，□貞：）夕，福王，受□？受又三牛。

000046

　　癸未貞：祈一妣「『卜』」？

　　癸未貞：又耒世于先妣庚？

000047

　　丙寅卜

　　癸丑卜：王「牡羊」西，今日災？

　　壬子卜

　　癸丑

000048

　　辛巳卜：翌日壬王叀田省河湄日凵哉？

000049

雲

己丑卜：今日寮？

□

000050

丙戌卜，炆

丙戌□，炆

乙卯卜，王祈雨于夏

□□卜，「吉祥」，炆

000051

不以龜

不以龜告

翌乙酉隹（鶴）反至于河

貞　德

000052

甲申卜

王

000053

亥貞□

辛亥

貞：其「甏」，符于且（祖）乙？

000054

丁巳卜，貞：王其田匚哉？

王其射葵鳥「織甲」

戊午卜，貞：弗「織甲」，王其田匚哉？「織甲」于□匚哉？

000055

壬午，卜，貞：王其田匚哉？

乙酉卜，貞：王其田匚哉？

000056

己未卜，「今日，雨」，「骨」，「不雨」？

000057

乙酉貞：又尞于報□、大乙、大丁、大甲？

000058

□又「卜」

乙卯卜戊午「惟」于

庚（申）卜，貞：「惟」凵「卜」？

000059

田，王其遘，示王受又。

000060

□卜，貞：王其田凵哉？

000061

卜，王妣令西眾南從東隹北眾受年？

丁丑卜，王貞：允□映？

丁（丑）卜：王（貞）

000062

于宮凵哉？

于盂凵哉？

于□凵哉？

000063

不雨

癸酉貞：今日夕啟？

000064

己卯貞：歲妣□？

辛卯卜，伐于衣？

000065

質：田「鋤丰草」，其雨？

今日□叀田

000066

質旨協于止黽，新宗王受又。

000067

卜于□

質用匕牛

己酉卜：用匕牛「四十」？

于大壬用

000068

叀，戊（寅），酒（未）；

叀，己卯，酒未；

叀，庚辰，酒未。

000069

其（田凵）哉？

戊戌卜，貞：王其田凵哉？

乙未貞王田凵哉？

000070

翌乙卯其宜弗其（宜）？

000071

屮報

000072

凵

貞：王其田凵哉？

壬辰卜，貞：王其田凵哉？

000073

□宮□哉？

于或凵哉？

翌日乙王其迌于「欞」凵哉

于盂凵哉

000074

　　□卜，翌日戊王其省「檻」，大「吉」，不冓雨。

000075

　　卜「拐」來告又「拐」

　　辛卯卜今日辛征

　　辛卯卜

　　征雨

　　□匕歲大

000076

　　□

　　「拐『卜』」

　　□卜，今「拐『卜』」？

　　壬戌卜，貞：王今夕，匕「拐『卜』」？

　　「拐『卜』」

000077

　　專牪茲用

　　叀牪茲用

000078

　　□□卜，貞：叀，牪，□□丁其牢？

　　牪　叀　牪

000079

　　丁酉卜，貞：王今夕匕「拐『卜』」？

000080

　　丁酉卜，貞：王夕匕「拐『卜』」？

　　卜，貞

000081

　　貞：王核止，隸匕尤？

　　乙酉卜，貞：王核止，大乙翌日匕尤？

000082

甲辰乙巳丙午丁未戊申己酉

甲午乙未丙申丁酉戊戌己亥庚

甲申乙酉丙戌丁亥戊子己丑庚

甲戌乙亥丙子丁丑戊寅己卯庚

甲子乙丑丙寅丁卯戊辰己巳

000083

丙寅卜，「『世系』『大夏』」族亡于「毒箭」，其「紋史」又卣核，其乎遇茲，告。

000084

告

癸亥卜，貞：旬凵「卜」？七月

癸酉卜，核貞：旬凵「卜」？八（月）

癸　貞，（旬）凵「卜」？

000085

□□□

戊辰貞凵「卜」

戊辰貞凵「卜」

庚午卜令國歸「黽」

質令

000086

貞：戊裁？

貞：今十二月凵其來？

000087

丙子卜，占貞：師？

000088

庚寅卜蕈貞□

000089

□癸卯卜扰

000090

　　□凵「『卜』」

　　丁卯雨

　　庚午

000091

　　夕

　　甲午卜，貞：令？

　　乙未卜，貞：今夕其㞢「『卜』」？

　　「『卜』」

000092

　　甲午冊□

　　隹丙

　　□

000093

　　□旬凵「拐『卜』」

　　巳卜在麥泉

000094

　　于來日

　　叀今日

　　牢

000095

　　圂

　　乙未

000096

　　信文王貴□

000097

　　王卜，在梟凵「拐『卜』」。王

000098

　　帚（婦）壬倦。齒貞，否。勿□隹「夏」帚（婦）。

000099

我貞：字姚告「甲戌肃于吏」？

000100

雨。福。「核止」。凵尤。八月。

000101

甲寅卜，又且（祖）乙五牢用？

000102

己酉卜：王進（獲）鹽？三月。

000103

「應。「貞否？」「貞。」「帆步。」系「西」。

000104

壬子貞：肩射關？

000105

貞：蚌（不）其（奔）？

000106

叀今辛卯酒。

「又正」。

叀辛丑酒。

「又正」。

鹵五卣。

「又正」。

十卣。

000107

戊寅卜，𦥑貞：勿乎師般從□？

庚寅卜，𦥑貞：勿覓示，示乎瞰周？

000108

「其宜壬辰？」「否。」侖（論）曆：「癸（巳）。」侖（論）曆：（「甲午。」）

000109

庚寅貞：「王令臺受□？」

000110

罘

癸

□

000111

癸巳卜，卷貞：旬亡「『卜』」？六月。

000112

告　冓（講）　告　丘

000113

丁亥　丁巳夕　戊午

000114

丁未卜，王不。「□」，其封不其受年。

000115

豕

九月

己巳卜翌日庚

庚午卜又　九

□□

000116

甲戌卜，翌日乙亥正，「網夏」？否。往「網夏」。「戠」質。

000117

卜夕□　丙午卜　乙丑夕

000118

□辰酒　牛三

000119

澎

000120

癸巳卜祝

000121

　　其雨

000122

　　戊午卜，貞：王其田凵哉？

000123

　　辛酉貞：王「貞回織」？

000124

　　旲

000125

　　馭「世妣手書」

000126

　　多子　　□

000127

　　正

000128

　　王受　十牢　辛亥

000129

　　其牢

000130

　　旲

000131

　　□

　　己未貞　己卯貞

000132

　　不雨

000133

　　癸未貞旬凵「『卜』」

000134

　　□酉貞旬亾「卜」？

　　癸亥貞旬亾「卜」？

　　癸□貞旬亾「卜」？

000135

　　令苗復踣

000136

　　貞：旬又「『卜』」？

　　癸亥貞：旬亾（「『卜』」）？

　　□

000137

　　□

　　中

000138

　　□戌卜，戌「上甲微」一牛？

000139

　　誅：乙亥卜燎，擎羊徂「『牢』」〔註1〕。

000140

　　癸亥卜，貞：王旬亾「拐『卜』」？

　　癸丑卜，貞：王旬亾「拐『卜』」？

　　癸卯卜，貞：王旬亾「拐『卜』」？

　　癸巳卜，貞：王旬亾「拐『卜』」？

　　癸未卜，貞：王旬亾「拐『卜』」？

　　癸酉卜，漆貞：王旬亾「拐『卜』」？

　　癸亥卜，漆貞：王旬亾「拐『卜』」？

　　癸丑卜，漆貞：王亾「拐『卜』」？

　　癸卯卜，（貞）：王旬亾（「拐『卜』」）？

[註1] 字當從「宀」從「羊」。

000141

丁酉卜，核貞：帚（婦）好屮受「世」？

貞：乎取「翼啟」夏？

不以龜

貞：鵠侯乎「契甲」？

000142

戊王其田凵

000143

癸亥貞旬　「『卜』」

癸丑貞旬凵「『卜』」

癸　貞

000144

王占曰「吉，其屮受『世』」。

貞：（屮）受「世」？

000145

□「隹」巺

羊　□

戊卜，貞：翌亥屮下乙？

貞：屮于下乙□一？

000146

戊（子）卜，□其裁。質。

己丑卜，屮且（祖）辛□。冊十□九。

000147

壬午卜，乩貞：寅入歲，翌癸（未）用？

000148

我弗書□

屮辛苗□

000149

貞：「我弗其受周方？」

000150

　　丁酉（卜），葽貞：□，王苗□？

000151

　　茲虫以三日

　　□□□

000152

　　「文雀」隹眠，王勿曰

000153

　　丙出月

000154

　　叀茲五

　　叀羊牛

000155

　　卜，韋貞

000156

　　乙酉卜，核貞：六月，〈草龜〉大收隻？

000157

　　卜，貞：羌百于且（祖）？

　　貞：允「記一百」？

000158

　　貞：苗，牛？

000159

　　其　叀

000160

　　在□

000161

　　「父乙」「又又」「契織」

000162

　　□　「核止」　貞　辛

000163

　　苗。庚，酒五牛。

　　苗。辛，卯。

000164

　　辛丑□且

000165

　　其又于未卜旅

000166

　　寅　雨

000167

　　信　戊

000168

　　牢牛

　　其又

　　牢牛用

000169

　　尤

　　□卜貞王

　　丙卜□

　　尤

000170

　　□□「核止」厶

000171

　　□卜覃貞□

　　□亥卜覃□

　　□亥卜□

000172

　　貞其雨五

000173

　　丁□卜：告眾骨（姓）

　　「丰心」亭

　　甲戌貞：「吉祥」

000174

　　丁亥卜乩

　　翌乙

000175

　　□卯卜，核（貞）：允于且（祖）乙？

000176

　　卜于大丁四月

000177

　　己亥卜，貞：其死？

　　己亥卜，貞：不其死？

000178

　　乙卯卜，葦貞：帚（婦）姘學「辛」其□？

000179

　　癸亥：屮

000180

　　□卜冊□「五十」。

000181

　　其㐭貞

000182

　　甲辰

　　丙午卜

　　□丑卜：比

000183

　　吉：屮兄丁牛

000184

　　貞：雨。

000185

　　貞：其屮「床左右」「黽」？

000186

　　雨

　　不「織甲」

　　王于

000187

　　丁亥卜，貞：屮于河？

　　丁□　　□

000188

　　告

000189

　　戊辰卜□貞尞于河□羊□五牛□

　　貞乎

000190

　　己卯卜，旅貞：翌庚辰妣庚歲其令（仁）牛？

　　卜

000191

　　妣庚、且（祖）辛□□　　帚（婦）又

000192

　　貞：燎于□，三麂、三羊、三

000193

　　五夕

000194

　　貞

癸巳卜：旬亾（「『卜』」）？

癸　卜，貞：旬亾「『卜』」？

告

000195

貞　八

000196

「妣『行契』字」告弓敗□

000197

□辰叀（貞）□□

敗王

000198

甲寅，乎取？

甲寅，取戛，取

000199

貞其獲□于

000200　000201

乙丑卜，（大貞）：「乎協往？」

辛未卜，大（貞）：「（誄）曰『司日』？」

000202

王叀核貞「雨，夕」。

000203

曆：系□雨

000204

不雨

侖曆

000205

質乎下

000206

□叔

000207

    壬   飪

000208

    五日己

    自「創寫大」字

000209

    「係西」自

000210

    （□□卜，□貞：）「己巳往？」「否。」質「否」。

000211

    午卜，告：「三月不雨。」

000212

    癸亥于大采菁

000213

    卜，貞：「旬，方印？」

    「丁酉（卜）：旬，其雨？」

000214

    王「帝」東：「羊」，「一唬」，「一犬」，三夕。

000215

    三又王戠虎

000216

    「卜」版吝。衣侵（浸）以己巳之月，「世世代代」

000217

    戊午卜：系「屮字且（祖）」？

000218

    告

    乙卯卜：「王辱觀東□？」

    三告

000219

「扣」「字『東』」「骨」，叀又。

000220

鳳□亦□□

000221

壬戌卜年于年亭，「翌日雨」。癸雨。

000222

己螽二日不見　又啟　己卯□

000223

今日癸酉卜，貞「旬」。

000224

癸卯。乙巳卜，貞旬。四月雷雨。癸丑卜，貞旬。

庚申五月，信系：「雨自西，夕既。」

000225

丙子卜　告

000226

辛亥卜：「方徵？」「高羊。」十月。

000227

戊寅卜：「方至？」「否。」「止（沚）」曰「屮」，曰「方在『沚』嵒」。

000228

戊，貞：「報（丁、乙、丙）其（織）信仅□□？」

000229

翌乙□，王妣□「世系『織』」倦□

000230

□

貞：于鹿手

000231

□曰其□□

000232

　　南祭？勿。

000233

　　既屮于母，妹允歸。

000234

　　戊申卜，貞：王其如？

000235

　　（酒）伐福乍國

000236

　　月裨，凵尤三月。

000237

　　德官櫨國

000238

　　□□卜，□貞：帚（婦）？

　　止于□，□貞：允□□？

000239

　　王「占」曰其

000240

　　丁酉卜，王貞：勿□□不其

000241

　　甲戌，子卜：「我惟印直『卜』？」

000242

　　甲戌卜，貞：「今夕？」「否。」

000243

　　壬戌卜：令「田織」斥「黽」？

000244

　　卜王丁酉□月□「傭」凵

000245

　　壬戌卜，兄貞：今不雨？

000246

　　王貞：「國凵哉？」

　　戊子卜，王（貞）：「方其征」？

000247

　　□織告：鬼不出其

000248

　　夕，侯。未休其

000249

　　□

　　戊啟其貞

000250

　　辛酉，□，其允我曰：「貞。」余

000251

　　子卜：翌丑勿「貞回織」？十月。

000252

　　□倦

　　□□

000253

　　卜：王弗其

000254

　　□□卜，□貞：今夕「祭」，二「巳」

　　□于且（祖）

000255

　　癸丑□，□貞：王核□，夕？

000256

　　□□卜，係（貞）：□「核止」□，□尤？

乙丑卜，□貞：「王「核止」□，「報乙」翌日□□？」

000257

其（織）「今雨」。貞：「雨」？

止。其（織）冓。冓。

000258

曆「世人手書」

000259

庚申卜，□貞：「不至□？止？」

000260

酉卜貞屮

000261

貞：翌丁亥不其

侖曆

000262

貞：「屮于字，吉？」

000263

「其信斥『契帚（婦）』不？」

000264

□寅卜，大□：翌丁不雨？

000265

□月，受年。

000266

丁未卜，乩貞：「『契黽』『卜』？」

貞：「『契黽』『卜』？」

000267

癸酉卜其自來

000268

止□ 告

000269

丁未卜，凸貞：「『契黽』『卜』？」

貞：「『契黽』『卜』？」

000270

丑卜，且（祖）庚

000271

雨，癸亥，□乎。

000272

其信取

000273

壬子卜，出貞：今□□尤□□在田？

000274

□凵「卜」　「核止」

000275

乙未卜，出貞：今□來？

000276

貞：王占（曰）吉□□？

000277

王貞：「不獲？」

乙未卜：「今日來□，凵？」

000278

□占曰：「□□□□□其系西？」「否。」

000279

貞：「雀裁舀？」

000280

貞：勿師盤？

貞：□□？「小」告

000281

　　裁其（織）屮

000282

　　曰

000283

　　貞：「勿告于『報甲』？」

000284、000286

　　契「『百』」肩　眠

000285

　　□

　　其庚「言」（于）

000287

　　□貞：子屮？

000288

　　貞：「甲寅而乙卯王屮□？」

000289

　　中貞：翌

000290

　　「字鹿」契□

000291

　　貞：「母（女）『世系』」字其死？

　　帚（婦）

000292

　　蕲叀葵

000293

　　□東□受年

000294

　　壬申卜，蕈貞：「王勿彳（遇）南獸，『貞回織』？」

000295

　　亘

000296

　　勿出□

000297

　　丙辰□

000298

　　貞：「城不其乎『貞回織』？」

000299

　　帚（婦）學努

000300

　　屮于

000301

　　侯

000302

　　貞：「父乙不倦？」

000303

　　眂□

000304

　　丁□卜，乩貞：自□□□□于□□□□丁□□。

000305

　　王「占」曰

000306

　　「櫼書」：「屮」。又在忙。

000307

　　□□□□核

000308

　　壬戌貞：翌癸王往逐？

000309

「織書」「亂來」

000310

辰卜，乩貞：「勿乎姙□？」

000311

□記二百

000312

盂：不隹「我女」倦，子□

000313

我

000314

貞：「我弗其受夏方又？」十月

000315

在□

000316

貞：「姙己倦？」

000317

卅七

000318

貞：王勿安夕？

000319

歸途。

000320

隹屮

戊核

000321

辛卯（卜），葷貞：□卜□□

000322

　　□丑卜，貞：國□，辛？侖曆

　　貞

000323

　　癸酉卜，王

　　□月

000324

　　□貞：乎卜？

000325

　　貞：湯字「母」「每」？

000326

　　乙酉卜□于我□□

000327

　　壬子卜，臨（貞）：臣

000328

　　卜，乎

　　癸亥（卜），□貞：□□□其□□□

000329

　　翌庚？不（否）。侖（曆）

000330

　　辛酉（卜），□（貞）：方其□□，□持示□□□？

000331

　　壬戌卜，□貞：惟□？

000332

　　己丑卜，□貞：其□□

000333

　　庚□卜，葦貞：不□□

000334

　　貞：勿虫于且（祖）□？

000335

　　貞：「勿允于妣庚？」

000336

　　卜，韋貞：「三月邑（匕）　？」

000337

　　沚戛　其

000338

　　卜王侖朋□

　　癸丑卜，王貞：「國其仅方？」

000339

　　壬辰卜：「隹母龍？」

000340

　　卜，蕈□：五月？

000341

　　貞：「不隹且（祖）」

000342

　　庚子□：自今至（于）甲辰

000343

　　貞：「勿于羌甲允？」

000344

　　庚戌卜，貞：今日凵來

000345

　　　□

　　　□

　　帚（婦）妌

　　死

000346

　　□酉卜，葦貞：屮「休織」？

000347

　　壬辰　（癸）巳

　　卜，貞：「葦司室？」

000348

　　貞：來□屮于且（祖）乙？

000349

　　貞：「中」來我

000350

　　戊申卜，「夏」降「『卜』」？

　　戊申卜，「夏」辱降「『卜』」？

000351

　　貞：□信苗王自瞼國？

　　貞：勿王自瞼國？

000352

　　「『咩』歸『吉』裁？」

000353

　　貞：「周（方）不徵（□）？」

000354

　　甲申，「惟」「書」「一『羌』」「一『□』」

000355

　　戊，王

　　王

000356

　　小丘臣

000357

　　貞：「侯□？」

000358

乎牛于

「契帚（婦）」其屮「『卜』」。

000359

「『卜』」

癸未

王步

侖曆

癸

000360

丁卯

庚申卜王質獲羌

000361

其簋□束

丙寅貞：「苗（更）令？」

000362

癸巳卜，出貞：旬亾「『卜』」？

癸□□，□貞：□□「『□』」？

000363

□　□

貞：翌庚子勿屮

000364

□

癸巳（卜），□□：翌甲（午）□□？侖曆

000365

「記□百」

「記□百」日一旬□四日丁巳□徵

000366

卯卜，互貞：「唐？」

000367

辛，貞：「王『占』曰：其合□？」

000368

出貞：大酒，先屮「報」□牛？七月。

00369

王「占」來□

000370

□卯卜，王「反（返）系」「來日」「吕（甘）盤」。

000371

卜　貞

庚寅卜貞翌日

000372

帚（婦）好貞曰

000373

己丑卜

000374

貞：癸（日）不雨？

其雨。曆系雨。

000375

□降

000376

午卜，貞：王夕□□亡？

000377

□旅。甲，「核止」貞：歲「祖甲」，九月河（□）？

000378

屮

壬子，貞：王「□」十月？

000379

罘屮子

王庚□□

000380

不隹倦

000381

□申卜：「王其卬？」

000382

□丑卜，王□侯，仅□，國弗

庚王

000383

□

多

□

000384

□，王屮，倦。

000385

癸，乎貞：□凵「『卜』」？

貞：彭凵「『卜』」？

000386

□亥卜，蕈□：□□子襄□□母

000387

己酉卜，翌庚戌，侖曆

000388

丙辰，貞：「尞『焆』？」

000389

貞：「『鹿』信屮『骨示』？」

000390

壬子卜，核貞：「翌甲□？」「否。」侖曆

000391

王屮貞

000392

三牢茲用河

000393

二告

000394

凵

丙申卜，行貞：王出，凵「『卜』」？

貞：□？

000395

貞：勿□于且（祖）丁？

000396

翌日戊王其田□

000397

□貞：屮獲？□我四月。

000398

□午卜，出（貞）：（侖）曆征，益？

000399

酒王受又

酒王受又

000400

其省□，質「田□」。

□其

000401

叀「『世世｜（織）』省」凵哉？

000402

□曆，辛，王其凶哉。

000403

其又示且（祖）乙

000404

亥卜，其又斷拇？

000405

□

又正十牢

□□

000406

子卜王其田

000407

不以龜　不以龜　二告

000408

甲戌卜其

000409

□□卜，行貞：無尤？□□□「核止」，在「行契」□□？□貞

000410

大雨，□巫不出。

000411

各夕福□

000412

（辛）酉（卜），叀（貞）：旬（凶）『『卜』」？

癸亥卜，叀貞：旬凶「『卜』」？

000413

貞：「今（夕）凶『卜』在『十月』？」

000414

（庚）午卜，王

000415

中貞：㞢羌？

000416

□□

叀盂田省㠯□

000417

□□

丁巳卜

000418

「牒」誅年

000419

出葬

000420

卜王

甲子王余令□

000421

丁亥卜，「占至」。

000422

卯卜：「王？旬？五月即大雨？」

000423、000429

□子卜：「其又妣壬尤？四（月）獲五獸？」

000424

辛未其雨

000425

□未卜：「父乙，酒告？」

000426

　　戊寅卜，令貞：「四『侎』『記百』」？「仅栽」上采？

000427

　　□戌卜，臨弗梳□？

000428

　　壬貞：符夢

　　質：逆符帝，夢忙

　　貞

000423、000429

　　□子卜：「其又妣壬尤？四月獲五獸？」

000430

　　示又征

　　又叀馭□

000431

　　大□用

000432

　　乙亥卜：「般取多臣□？」

000433

　　王其田，「丑鬲」「祉」，大吉。

000434

　　系□

　　王其比□「『戶（芦）城河』崖艸」、「丘豚草」在「盂犬」

000435

　　蕈

000436

　　午卜，核（貞）：翌庚㞢五？

000437

　　寮牢亭

000438

寅

000439

刜

000440

隻

000441

壺

000442

苗途

000443

貞：受十

000444

貞：「丑帚」示「『系西』」？「夏」？

000445

雨，喜系。告。

000446

黃坡「記一百」牛

000447

牢，妣庚；牢，□□。

000448

「報甲」「織」「記記記」

000449

翌乙□，質「且（祖）□並二妣」凵「契甲」王丄（「朕」至）「系甲」

000450

用東

000451

鑴書　書「它」系「乙」。

000452

（占）　戊寅卜，乩貞：「今春，眾出周？」

（斷）　「十月。」

（問）　啟貞？（備戛？）

（卜）　「『戛』否」。

（問）　啟貞？備忙？

（卜）　「『忙』否」。

（問）　啟其備？

（卜）　「勿」。

（問）　啟其備？

（卜）　「冉」。

（占）　壬午（卜），（乩）貞：十（月）

　　　　周

000453

癸卯貞：「出啟，龍王从受出又？」

貞：「出啟，龍王勿从（受出又）？」

告

000454

乙未卜，乩貞：「『網刻』凶『卜』？」

貞：「『網刻』出『織甲』」？

000455

丙子卜，中貞：「乎踐周？」

貞：「勿乎踐周方？」

不以龜

不以龜

000456

鳥鳥鳥鳥

紕

卩

000457

乙酉卜，漱不其受？

酉卜：漱受？

000458

丙戌卜，互貞：「己弗夏」在茲？

貞：「喆侯虎」其允？

貞：「契帚（婦）」凵「『卜』」？

貞：其

000459

自三師

癸卯，帚（婦）井示四芽。　薹

000460

己亥卜雨

叀河燎先酒

先高且（祖）燎酒

燎十牛

己卯貞寮于河三牛汏三牛

乙亥貞其又

己卯貞燎

000461

甲辰貞：小乙曰凵（倦）？

其遘雨

不遘雨

甲申貞：小乙祭凵倦？

　　　　用茲

其遘雨

不遘雨

叀刻

叀示

質又

000462

癸酉卜，乩（貞）：□

癸未卜，韋貞：質茲𡴅「大書」？

癸巳卜，韋貞，旬（亡『卜』）？「二『大書』黽」稱：甲午祀，「馬『的額』」「禱」王□？

000463

□□

癸亥卜，韋貞：旬𡿪「『卜』」？王「占」曰「𡴅『大書』王」。

五日丁卯子中

000464

卜，其又歲于大戊二牢？

　　　　　　茲用

于高且（祖）乙又示歲

甲辰卜，「牢」，其又示歲于姪且（祖）乙

癸卯卜，「『辰羌』甲」歲一牛？

質丁（遇）黿

癸卯

後 記

　　中華文明之文字體系蓋初創於先聖沮誦，當時之中國應該仍處在傳說中的「結繩而治」時代，大約先聖所創後世中國最早的成熟文字體系即「結繩記事」字，迄乎今日蓋已有近五千年時間之久。所謂五千年之中華文明或亦以此為準。甲骨文字繼「結繩記事」字而起，其時應該已在公元前十五世紀左右，上距沮誦初造字至少已過去一千年以上的時間。二十世紀初「甲骨文字」發現以來，「甲骨學」勃興，一躍成為近世中華學術的顯學，與乎其事者頗多，若《殷虛文字外編》即期間一重要成果。惜乎著作出版至今專門之研究者少之又少。今借舊籍注疏之法對《外編》內容重新作一整理釋讀，容能於「甲骨學」愛好者及學界同仁之查考檢閱有些許助益。

　　需要稍作說明的是「甲骨學」興起百餘年來學界之研究多賴於傳統文字學體系，實則「甲骨文」與《說文》、《爾雅》等傳統字書時間上相去甚遠，期間更有複雜繁密的戰國文字時代，是以借之以言契文略有不妥。本冊之研究以「甲骨文獻」為準，期以借助不同甲骨拓片之考量確證契文文字之本義，較以今釋古之法略有改進，容能於積年踟躕之甲骨學研究開出一新境界，正確與否尚請方家大儒指教。

　　求學期間蒙龐樸先生、杜澤遜先生悉心教誨。亦曾往於徐傳武、劉曉東等先生家中求教，在此一併向諸位先生致謝。

劉斌　2023 年春　於濟南